CORREIO
SUL

O livro é a porta que se abre para a realização do homem.
JAIR LOT VIEIRA

CORREIO SUL

Antoine de
SAINT-EXUPÉRY

Tradução, introdução e notas
Jonas Tenfen

VIALEITURA

Copyright desta edição © 2017 by Edipro Edições Profissionais Ltda.

Título original: *Courrier sud*. Publicado originalmente em Paris em 1929.

Todos os direitos reservados. Nenhuma parte deste livro poderá ser reproduzida ou transmitida de qualquer forma ou por quaisquer meios, eletrônicos ou mecânicos, incluindo fotocópia, gravação ou qualquer sistema de armazenamento e recuperação de informações, sem permissão por escrito do editor.

Grafia conforme o novo Acordo Ortográfico da Língua Portuguesa.

1ª edição, 2017.

Editores: Jair Lot Vieira e Maíra Lot Vieira Micales
Edição de textos: Marta Almeida de Sá
Produção editorial: Carla Bitelli
Assistência editorial: Thiago Santos
Capa: Marcela Badolatto | Studio Mandragora
Revisão da tradução: Narceli Piucco
Preparação: Danilo Di Giorgi
Revisão: Danielle Costa e Thiago Santos
Editoração eletrônica: Estúdio Design do Livro

Dados Internacionais de Catalogação na Publicação (CIP)
(Câmara Brasileira do Livro, SP, Brasil)

Saint-Exupéry, Antoine de, 1900-1944.
    Correio sul / Antoine de Saint-Exupéry; tradução, introdução e notas Jonas Tenfen. – São Paulo: Via Leitura, 2017.

    Título original: *Courrier sud*; 1ª ed. 1929.
    ISBN 978-85-67097-49-7

    1. Ficção francesa I. Título.

17-05589   CDD-843

Índice para catálogo sistemático:
1. Ficção : Literatura francesa 843

VIA LEITURA

São Paulo: (11) 3107-4788 • Bauru: (14) 3234-4121
www.vialeitura.com.br • edipro@edipro.com.br
@editoraedipro   @editoraedipro

INTRODUÇÃO

O VIAJANTE EXUPÉRY

Alguns indivíduos tiveram a vida de tal modo repleta de aventuras que sua biografia parece competir com épicos e livros de capa e espada. Por vezes isso se deve ao próprio momento histórico no qual essas vidas se gastam (afinal, paga-se um preço por viver em tempos interessantes). Mas, por vezes, deve-se à capacidade narrativa desses indivíduos – ou dos pesquisadores e historiadores – para compor biografias. Antoine de Saint-Exupéry reúne esses dois elementos.

Terceiro dos cinco filhos do conde Jean-Marc de Saint-Exupéry e da condessa Marie Boyer de Fonscolombe, Antoine nasceu em Lyon, na França, no dia 29 de junho de 1900. Apelidado de Tonio, sempre se mostrou criança ativa, pouco inclinada à apatia, e aos olhos dos pais e dos parentes nobres dava pistas de que teria um futuro aventureiro. Em 1904, num revés bastante duro para a família, Jean-Marc teve uma hemorragia cerebral e não resistiu. A surpresa do acontecimento, com ares de tragédia, revelou uma verdade maquiada: embora tivesse títulos e contatos, a família não acumulara muitas posses.

Contudo, Marie Boyer não se viu só na tarefa de cuidar de Marie-Madelaine, Simone, Antoine, François e Gabrielle. Não raro, seus filhos passavam temporadas em casas de parentes mais ou menos distantes, aprendendo por imitação certos hábitos, sendo instruídos na religião e buscando nos atos manter a nobreza. Tonio passou grande parte da infância entre os castelos franceses de Saint-Maurice-de Rémens (em Ain) e de

La Môle (no Var); moradas, móveis e convívios que jamais seriam apagados de sua memória.

Esse convívio aristocrático – opressor e pouco receptivo aos coloridos da infância – não proporcionava à criança a educação formal necessária a sua formação. Assim, em outubro de 1909, Tonio foi matriculado no colégio jesuíta de Notre-Dame de Sainte-Croix. Tatane – segundo apelido que recebeu – conheceu ali novos parceiros de aventuras, da sua idade, e todo esse mundo novo competia com a necessária dedicação às tarefas escolares. Antoine ainda era um aluno tido como regular.

Um parêntese: em novembro de 1906, Santos Dumont sobrevoou Paris com seu 14-Bis. Esse prodígio da engenharia ocorreu justamente na capital do mundo à época, com as nações tentando conquistar com a técnica o terreno perdido por atraso durante as revoluções industriais; investidores e pesquisadores de muitos países – em especial Alemanha e França – lançaram-se à empreitada de fazer aviões cada vez mais velozes e práticos, mas não necessariamente mais seguros. Os aviadores dessa época eram vistos como novos desbravadores, aventureiros criando rotas aéreas que mais tarde seriam exploradas comercialmente; para muitos, a conquista dos céus tornou-se um esporte galante, só para nobres – durante a Primeira Guerra Mundial, a aviação revelou-se de novo um desafio para cavaleiros (aéreos, neste caso).

Se não é difícil imaginar o fascínio que tais máquinas provocavam nos adultos da época, que dirá nas crianças. Em 1912, Tonio assiste a uma corrida de aviões no aeródromo de Ambérieu-en-Bugey (situado a apenas alguns quilômetros do castelo Saint-Maurice). Era hábito seu pedalar até esse fascinante local ao lado de sua irmã Gabrielle. Tinha a oportunidade, assim, de conversar com os mecânicos e pilotos, e com o passar do tempo foi se tornando uma presença cada vez mais frequente nos hangares. Foi ali – depois de pedir a bênção à mãe – que voou pela primeira vez, em companhia do piloto Gabriel Wrolewski.

Além da recém-adquirida paixão por aviões, uma nova atividade passou a ocupar o tempo livre do jovem no colégio e também nas férias com familiares e aviadores: a escrita. Para além das redações em francês e dos exercícios de gramática, as cartas aos parentes começaram a ganhar mais vivacidade, revelando o domínio da língua escrita. Receosa de que isso causasse prejuízo aos estudos do filho – o que parecia ser uma suspeita válida –,

Marie Boyer impediu-o de começar a colaborar com jornais, até mesmo com um jornal escolar dirigido por colegas (aqueles que o apelidaram de Tatane).

Era um momento profícuo para jornalistas, mas o mundo se mostrava cada vez mais perigoso: chegara a Primeira Guerra Mundial. Marie passou a trabalhar como enfermeira em um hospital militar, o que lhe dava relativa segurança financeira, mas seu coração de mãe não conseguia ver o mundo como um lugar seguro para os filhos, principalmente os mais aventureiros. Marie mudou Antoine e François de internato: ambos passaram a residir no colégio marista Saint-Jean, em Friburgo, na neutra Suíça. Ficariam, assim, entrincheirados nas carteiras escolares.

Antoine de Saint-Exupéry não foi um aluno prodigioso ali; bem ao contrário, na verdade. Muitos interesses simultâneos e pouco empenho nas obrigações escolares o marcaram com a pecha de aluno pouco brilhante; as razões que levaram a mãe a apelidá-lo, ainda criança, de "Pique-la-lune" (para indicar que estava sempre "no mundo da lua"), pareciam ainda se fazer presentes, principalmente por sua pouca afeição àquilo que os adultos consideravam útil. Durante as aulas, fazia anotações sobre suas leituras e por vezes rabiscava desenhos – não se sabe ao certo se nesses cadernos já figurava um menino loiro de cabelos espetados que vivia em um asteroide com uma rosa. Apesar da aparente insubordinação intelectual, Antoine concluiu os estudos formais em 1917, conseguindo sua aprovação no *baccalauréat*.[1]

Dispensado da escola, ou, antes, livre dos estudos formais, Antoine passou a dividir o tempo gasto com escrita, desenho e redação de pequenos textos jornalísticos com uma série de trabalhos que não lhe davam segurança financeira; os aportes da mãe eram minguados. Parecia mais afeito a descrever o mundo que via do que a ganhar o próprio sustento; e, como eram tempos de crise, seus escritos não encontraram mercado. O resultado dessa equação era previsível: acabou o dinheiro.

O mundo militar, particularmente o moderno e ocidental, sempre pareceu uma alternativa de salvação social e financeira para os mais pobres. A carreira militar era um caminho aceitável para herdeiros e

---

[1] Qualificação acadêmica criada por Napoleão Bonaparte em decreto de 17 de março de 1808, exigida de estudantes franceses e estrangeiros ao final do liceu (ensino médio) para o ingresso em curso superior. (N. E.)

nobres, em especial para estes últimos. Ao jovem Antoine, mostrava-se como a única opção. Primeiramente, a reprovação na tentativa de ingresso na Escola Naval; depois, a impossibilidade de ser arquiteto pela École Nationale Supérieure des Beaux-arts. Por fim, em 1921, iniciou o serviço militar no 2º Regimento de Aviação, em Estrasburgo. Abriam-se assim as asas do destino sobre o cadete. Asas de metal, mas que o levariam aos céus.

O serviço militar e o soldo fizeram que sua produção escrita diminuísse e que cessassem também suas atividades em outros trabalhos. A vida militar tem suas dificuldades próprias, e o cadete as enfrentou sem bravatas, pois a resignação parecia ser o elemento necessário para não acabar com o parco humor dos superiores. Antes de tornar-se piloto, Antoine foi mecânico, aprendendo em detalhes o funcionamento de um avião. Nos exercícios com a aeronave, certa vez mostrou-se pouco atento ao tamanho da pista, o que poderia ter resultado em um desastre.

Escalou algumas posições militares, chegando ao posto de subtenente. Depois da formação militar, obteve também o brevê para a aviação civil, enquanto estava no 37º Regimento de Aviação, em Casablanca. Agora não mais em uma posição tão rasa, voltou a dedicar-se à escrita e aos desenhos de colegas e de paisagens. Optou por tornar-se efetivo no 34º Regimento de Aviação, em Bourguet, onde sofreu seu primeiro grande acidente aéreo: algumas fraturas, a mais grave no crânio. Recuperado, ainda em 1923 foi desligado da aeronáutica; mas, como se verá, apenas temporariamente.

Havia a possibilidade de o subtenente Saint-Exupéry entrar para o exército; como apontam os biógrafos, parecia haver interesse do exército pelo jovem, em grande parte por sua facilidade para comunicar-se com populações de culturas diferentes e exóticas (ao olhar europeu, naturalmente). Sua noiva à época, Louise de Vilmorin, herdeira e escritora, opôs-se à ideia, e Antoine deixou a vida militar para assumir um emprego burocrático em uma das empresas da família da noiva. Depois de não muito tempo, o noivado teve fim, juntamente com o cargo.

Mais um período dedicado à escrita, mais uma gama de trabalhos que não garantiam o sustento; seus conhecimentos em mecânica lhe renderam um período empregado em uma fábrica de caminhões, seguido por outro em que exercia a função de vendedor de peças. Mas lhe faltava algo, além, é claro, do tempo para se dedicar à prosa longa: faltava algo na vida desse anônimo.

Estradas não podem competir com os céus. Em 1926, Didier Daurat, responsável pela consolidação e expansão da Companhia Latécoère (que, depois de tentar alguns nomes, assumiria sua forma definitiva, Aéropostale), contratou o piloto para transportar correspondência entre Toulouse, na França, e Dakar, no Senegal. O aviador com ganas de escritor deve ter observado os malotes algumas vezes e refletido quantas cartas de amor estaria levando, quantos rompimentos, boas e más notícias, saudades, suspiros... Portava papéis com palavras e, às vezes, passageiros.

Era um período de grandes aviadores. Destacam-se aqui Jean Mermoz e Henri Guillaumet, ambos com biografias que também desafiam a ficção. Saint-Exupéry conviveu muito com esses experientes pilotos, deve ter ouvido várias de suas histórias iniciais, conseguindo assim, finalmente, matéria para publicação. Na revista *Navire d'Argent*, por intermédio de Jean Prévost, publica o conto *L'aviateur*, cujo mote central é o piloto que não consegue parar de viajar; mote que será reaproveitado em seu primeiro romance, *Courrier sud*.

Saint-Exupéry era pontual, profissional e dedicado; recebeu o codinome Saint-Ex (por vezes grafado como Santex), nascido da brevidade com que permanecia nos pontos de parada, sem tempo nem para dizer seu nome completo (a versão mais oficial diz respeito à dificuldade dos não franceses de pronunciar seu nome). É preciso manter um pouco de sobriedade aqui: Saint-Ex nunca foi um ás da aviação. Nesse período, Mermoz e Guillaumet eram celebridades internacionais; a fama deles o precedia em muito. Como foi dito, Antoine era pontual, profissional e dedicado, mas até então era só mais um piloto da Aéropostale.

Isso porém não o impediu de galgar postos e ganhar confiança dentro da companhia. Em 1927, depois de ter sido designado para muitas outras escalas, foi nomeado chefe da escala em Cap Juby, no Marrocos. Sua habilidade para relacionar-se com os locais era fundamental para recuperar pilotos cativos resgatados por nômades.

Foi um período muito produtivo para o escritor. Além de enriquecer seu cabedal de experiência humana, contava com muito tempo – entre uma viagem e outra – para escrever; também as noites no deserto precisavam ser preenchidas com algo mais que imaginar como seria viajar pelas estrelas. São desse período as primeiras anotações para *Citadelle*, uma de suas obras mais importantes, da qual o clima e a razão são o silêncio e o habitante é Deus (nas palavras de Jean Huguet). *Citadelle* só foi publicado postumamente, e muitos de seus elementos principais já estavam presentes nos três primeiros livros de Saint-Exupéry.

O deserto de areia também tinha seus percalços. Alguns acidentes acrescentaram novas cicatrizes a Saint-Ex, que chegou a ficar um tempo perdido no deserto depois de uma queda de avião. O mundo acompanhava pelas páginas dos jornais os avanços da Aéropostale pela África e logo pela América, mas também o desaparecimento, morte ou invalidez de muitos pilotos.

Em 1929, além de publicar seu primeiro romance, *Courrier sud*, Saint-Ex recebeu a incumbência, juntamente com Mermoz e Guillaumet, de partir para a América do Sul. A companhia queria expandir suas linhas até a Patagônia, subir pelo Chile até a América Central e então chegar aos Estados Unidos. Era preciso fazer percursos no Brasil, país cuja costa era a maior do Atlântico sul em extensão e o ponto na América mais próximo da África (daí o acordo, durante a Segunda Guerra Mundial, para que aviões estadunidenses partissem do Brasil em direção à África para bombardear fascistas italianos, aproveitando a rota aérea criada pelos franceses).

Hoje sobram disputas sobre os locais por onde Saint-Ex teria passado em suas viagens. Na época, sua presença não despertou muito interesse dos jornais brasileiros, ao contrário de Mermoz e Guillaumet, este em menor escala que aquele. As grandes paradas de Saint-Ex no continente sul-americano foram Rio de Janeiro, Montevidéu e Buenos Aires, deixando às outras cidades paradas realmente esporádicas, quase nunca superiores a 15 minutos, sem tempo para tomar café em cafeterias então inexistentes ou batizar filhos de pescadores, como aponta João Carlos Mosimann. O grande documento desse período é o livro de Marcel Moré (em colaboração com o jornalista William Desmond) *J'ai vécu l'épopée de l'Aéropostale*. Moré, que era mecânico de aviões e trabalhou principalmente no Rio Grande do Sul e na Bahia, descreve na obra o difícil cotidiano de construir uma empresa no Brasil, lutando contra a violência e a política, e indica alguns dos pousos ocasionais de Saint-Ex.

Além de uma vida noturna mais interessante, as cidades buscadas por Saint-Ex tinham grandes livrarias e bibliotecas muito bem aparelhadas. Ele se informava pelo mundo com jornais que ajudava a tornar diários e também pesquisava grandes acontecimentos relacionados à aviação. Continuava com lavor de poeta e desenhista, mas, aproveitando a recepção positiva do primeiro romance, lançou, em 1931, *Vol de nuit*, que relata uma batalha do aviador contra a noite e o tempo na América do Sul, em especial na Patagônia argentina. Romance de grande sucesso, de público e de crítica.

Ainda em 1931, Antoine casou-se com Consuelo Suncin Sandoval de Gomez, doravante Consuelo de Saint-Exupéry. Nascida em El Salvador, Consuelo tinha interesses e atribuições nas artes plásticas, como pintura e escultura, mas também era escritora. Para dizer o mínimo, foi um casamento marcado por afastamentos e egos intempestivos de ambos os lados. É tentador ver nela uma rosa belíssima, sedutora, mas cheia de espinhos. É de Consuelo, contudo, a frase que melhor explica o casamento dos dois: "É difícil ser esposa de aviador; mas pior é ser esposa de escritor famoso".

Em 1931, a Aéropostale chega ao fim como companhia autônoma. Enfraquecida financeiramente pela concorrência (de outras companhias e de navios mais velozes), enterrou-se de vez em um escândalo financeiro de grandes proporções. Diversos documentos que explicariam muito de sua história seguem em segredo de justiça (até mesmo, quem sabe, esquecidos por alguns herdeiros). A Aéropostale foi incorporada pela então jovem Air France, tanto nos passivos quanto na mão de obra disponível; Marcel Moré, por exemplo, fez muito bem a transição de mecânico da Aéropostale para a Air France.

Quem não conseguiu fazer transição semelhante foi Saint-Ex, desligando-se em 1932 da nova companhia, mas não da aviação. Dividia o tempo de testes ou corridas de aviões com a atividade jornalística. Fez grandes reportagens no Vietnã (1934), na União Soviética (1935) e na Espanha durante a Guerra Civil (1936), como repórter do jornal *Paris-Soir*. Na tentativa de bater o recorde de três dias e 15 horas de viagem entre Paris e Saigon, Saint-Exupéry partiu em busca dessa façanha em 29 de dezembro de 1935, acompanhado do mecânico André Prévot. Dois dias depois, caíram no deserto da Líbia. Em 1938, os dois tentaram novamente um voo experimental de 14 mil quilômetros, de Nova York até a Patagônia. Acidentaram-se na Guatemala, passando, depois do resgate, meses em recuperação em Nova York. O traumatismo craniano sofrido por Saint-Exupéry o deixou em coma por quase um mês.

Os acontecimentos e o resgate do piloto e do mecânico no deserto da Líbia estão relatados em *Terre des hommes*, terceiro livro de Saint-Exupéry, que marcou sua consagração como escritor. Publicado em 1939, apresentava todo o sofrimento do autor como sobrevivente e do repórter e pesquisador como testemunha. Nada ali, contudo, é maior que o deserto (o de areia e o de neve, diga-se), nada ali é mais poderoso que a terra onde os homens caminham e se sentem sós. Do ponto de vista da narrativa, é a recapitulação dos romances anteriores com personagens históricos, com indivíduos que figuraram nas páginas dos jornais em vitórias e desastres.

Antoine vivia, e muito bem, de direitos autorais. Prêmios e homenagens ocupavam seu tempo, mas os rascunhos e a escrita sem publicação contratada prosseguiam; inclusive sucessivos rabiscos de um menino aventureiro que morava em um asteroide acompanhado de uma rosa. A guerra eclodiu, o piloto retornou à aeronáutica como capitão. Embora já tendo perdido alguma habilidade devido aos anos e aos acidentes, liderou uma esquadrilha cuja função era fazer reconhecimentos aéreos. Em 1940, foi atacado por tiros de tanques alemães em invasão à cidade de Arras; a bravura e a destreza com que conseguiu escapar dos ataques e salvar toda a tripulação lhe renderam medalhas, honrarias e o mote para um novo livro: o propagandista *Pilote de guerre*.

Ainda em 1940, valendo-se de um armistício, retornou a Nova York. Resolveu fazer guerra no campo ideológico: aproveitando a própria fama, fez várias campanhas tentando convencer outros países, principalmente os Estados Unidos, a apoiar a França na guerra. Em fevereiro de 1942, lançou *Pilote de guerre*, livro que acendeu entre os estadunidenses sua imagem de escritor.

Em conversa com um editor em Nova York (que insistia em chamá-lo de Mister Exupery), Antoine mostrou alguns rascunhos, e entre eles surgiu o desenho de um garoto. Questionado sobre quem seria o personagem, Mister Saint-Exupéry (que gostava de ser chamado assim) contou sobre o jovem aventureiro que vivia em um asteroide, tinha paixão por uma rosa e arrancava baobás quase diariamente. A conversa seguiu com naturalidade, e Antoine apontava outros aspectos da vida do personagem e de suas viagens. Em fevereiro de 1943, publicou *The Little Prince*, sua obra-prima; a versão francesa, *Le Petit Prince*, foi lançada só em 1945.

Suas campanhas em prol da França não estavam trazendo o resultado desejado. Assim, Mister Saint-Exupéry alistou-se novamente, sendo dispensado: aviões novos não eram para velhos pilotos. Insistente e com contatos, conseguiu alistar-se na Tunísia, em missão de reconhecimento aéreo e produção de mapas. No dia 31 de julho de 1944, Antoine foi dado como desaparecido; em 1950, foi declarado morto em atividade. Embora seu avião e muitos de seus pertences tenham sido recuperados (principalmente depois de 1990), o corpo do aviador nunca foi encontrado.

CORREIO SUL

Correio sul foi o primeiro romance de Saint-Exupéry a ser publicado, em 1929. Três anos antes, o autor havia apresentado seu primeiro conto, *L'aviateur*, no qual adiantava alguns aspectos da narrativa aqui traduzida. *Correio sul* não é uma continuação do conto, mas podemos dizer que é sua ampliação para romance, uma vez que o cerne da narrativa é o mesmo, assim como são os mesmos o protagonista (um aviador solitário chamado Jacques Bernis) e o drama cotidiano enfocado: a viagem perene.

Os anos que compreenderam o fim da década de 1920 e o início da década de 1930 foram muito produtivos para o autor-aviador. Seu romance de estreia foi bem recebido pela crítica jornalística numa época em que, depois de quase quatro anos de Aéropostale, Saint-Exupéry começava a galgar degraus profissionais na empresa. Não era brilhante aviador tampouco principiante: era pontual e preciso, o que interessava à companhia. Por essas características, e também por uma particular habilidade para fazer amizades com as populações dos locais que faziam parte das rotas da Aéropostale (além do seu interesse em idiomas), foi convidado a participar da criação das linhas na América do Sul.

Engana-se, contudo, quem imagina que a história deste livro se desenrole neste lado do continente americano. *Correio sul* trata da expansão de outra linha, em direção ao sul do continente africano. De Toulouse, margeando o Atlântico Norte por antigas possessões espanholas; e, em parte do caminho, pelo deserto.

O livro que fala da linha que cruzava o Atlântico Sul, que iniciava em Natal (Rio Grande do Norte, no Brasil) e terminava na Patagônia, é *Voo noturno*, o segundo romance do autor, publicado em 1931. Aqui, o inimigo não é a floresta (o deserto verde), mas a própria noite. Mesmo com os precários sistemas de navegação e de segurança das aeronaves da época, os aviadores começaram a desafiar a noite para ganhar tempo na corrida pelas entregas transatlânticas. Outras companhias aéreas e, principalmente, os transatlânticos entraram nessa disputa, oferecendo melhores preços e prazos menores.

A Compagnie Générale Aéropostale – cristalizada posteriormente pelo mítico e direto nome Aéropostale – não surgiu com essa alcunha. Foi primeiramente Société des Lignes Latécoère, fundada por Pierre-Georges Latécoère. Depois de algumas expansões e da abertura de capital, houve uma divisão: um ramo da Latécoère seguiu dedicado à fabricação de aviões, especialmente motores, e a Aéropostale foi direcionada ao transporte de carga e de passageiros. A consolidação do nome Aéropostale deu-se apenas neste momento de expansão para a América do Sul.

Assim, Jacques Bernis, o protagonista de *Correio sul*, trabalha para a Latécoère. A primeira parte (de três) do romance é consagrada à explicação de como se dava este trabalho bastante árduo. É bastante breve, de rápida leitura – a imagem de uma parada de quinze minutos em um posto de abastecimento – atravessada pelo cotidiano. Mesmo sendo diária a aventura, se confundindo com a labuta, o cotidiano parecia oprimir Bernis.

O primeiro capítulo nos mostra a importância do telégrafo para o *modus operandi* da empresa. Enquanto o narrador seguia em seu avião, refletindo sobre as nuvens, o deserto e as pessoas, observava com seus instrumentos o tempo de viagem e a situação do equipamento. Enquanto isso, por terra, várias mensagens registravam seu trajeto e os postos de abastecimento comunicavam-se sobre as paradas e partidas das aeronaves, acompanhando o cumprimento das rotas. É importante ressaltar um aspecto: os telégrafos não trocavam mensagens com os pilotos em voo. As bases se comunicavam para se manter preparadas a fim de atender e abastecer da forma mais rápida possível os aviões, preparo este que adiava um pouco a monotonia da espera.

O que quebrava mesmo esta monotonia, contudo, era o pouso e a partida, que acompanhamos no segundo capítulo. A figura férrea do chefe de posto exigindo o máximo de seus funcionários nesta explosão de trabalho realizado em apenas quinze minutos. Uma exigência que se estendia ao piloto, criando não raramente atritos entre o general em terra e o cavaleiro do ar (a referência ao cavaleiro é proposital, pois temos a descrição das grossas vestimentas de couro que os pilotos trajavam, comparação bastante direta a uma armadura). Seja pelo modelo de administração, seja porque ainda estavam frescas as memórias da Primeira Grande Guerra (quando os aviões foram usados como arma, cumprindo seu fim bélico), tudo é tratado como preparação para uma batalha. Com a diferença de que as falhas, como a volta não completa de um parafuso, por exemplo, rendem multas que diminuem os ganhos mensais.

Recebido o plano de batalha, sinônimo aqui para itinerário, segue o aviador rumo a seu destino. O que fazer além de pilotar? Como suportar a difícil vida na carlinga, atravessada pelo barulho incessante do motor? Bernis medita. Medita e lembra.

Ele se lembra das instruções de outro aviador que o iniciou na companhia. No quarto do decano, os dois estudam o mapa da Espanha entre um gole e outro de vinho do Porto. A lâmpada não ilumina muito para o velho, mas é luz de sobra ao jovem Bernis, que tem postura arrogante: parece estar ali mais por educação do que pela necessidade de aprender a pilotar. Com a educação que lhe é peculiar, o piloto experiente mostra as traições que os mapas não trazem, as armadilhas que não são ensinadas nos cursos de pilotagem nem nos livros. A sobrevida de pilotos nesta época é muito pequena: acidentes, povos hostis, solidão: nada ceifa mais vidas do que a falta de atenção aos detalhes. Terminado este terceiro capítulo, o quarto traz a reflexão sobre o cansaço de Bernis, voltando à narrativa como piloto experiente, mas incompleto: transporta trinta mil cartas, nenhuma para ele. Em breve, algum descanso nas férias.

E é este o início da segunda parte do livro. O retorno a Paris por dois meses. Tempo suficiente para rever o pequeno apartamento onde vive esporadicamente, tempo para causar espanto em velhos conhecidos.

Espanto por ele retornar à cidade e por estar vivo após as empreitadas: um fantasma perambulando por pontos turísticos.

No país moram ainda alguns parentes, mas principalmente alguém a ser reconhecido por amor: Geneviève. Presa a um casamento de aparências, uma tragédia pessoal serve como pretexto para separá-la do marido. Agora que Bernis está de volta, tudo pode ser melhor. O apartamento deste não serve: a pobreza heroica não atrai a dama da sociedade; esperar pelo cavaleiro naquele cubículo mal mobiliado seria um suplício. Ela clama por viagem, e os dois partem para algum lugar novo, que poderia ser só deles, sem parentes, aviões ou compromissos.

Nada na viagem corre a contento. Para Bernis, segurança e tranquilidade e os percalços do caminho são detalhes perto do que ele tem de suportar. Para Geneviève, a doença, a chuva, o bolor e o desgaste do percurso corroem sua saúde já debilitada. Promessas de amor esmaecem ante ao que ele tem para mostrar, ante ao abraço dele.

Como o marido de Geneviève estava em viagem, Bernis orquestra o retorno a Paris. Ela voltaria para casa e assumiria seu posto como se nada tivesse acontecido, como se tudo fosse o delírio da febre que estava por tratar. Ao fim do décimo capítulo, eles retornam, e Bernis está só.

Paris lhe é estranha. O lugar onde encontra conforto é a catedral de Notre Dame. Acompanha ali o sermão de uma missa (percebemos aqui o catolicismo familiar do autor: não importa por onde viajasse, a Igreja sempre estaria esperando; não importa por onde fosse, o Altíssimo sempre teria um olho sobre o aviador). Tenta, por fim, apagar Geneviève da memória com o corpo de outra mulher: tudo em vão. Aquele não era mais o lugar para Bernis, o lugar dele é a viagem. O retorno dele à linha é o início da terceira e última parte.

Saint-Exupéry passou boa parte da vida adulta rascunhando um livro chamado *Cidadela*, que foi publicado postumamente. O mote dessa obra é a espera de um aviador em um fortim espanhol, cercado pelo deserto, tendo as estrelas e as luas para fazer diferença entre as noites. Bernis não tem paciência para conversar sobre as estrelas e quer partir do meio daquele nada levando sua carga. Mas quer partir com a melhor luz; sinal de que não amadureceu como piloto da forma como Saint-Exupéry o compõe. Só aqueles que almejam as estrelas, só aqueles que se utilizam delas são os verdadeiros viajantes – embora sejam três os livros sobre os aviadores fora da guerra (*Correio sul*, *Voo noturno* e *Terra dos homens*), o grande livro de viagem de Saint-Exupéry é *O pequeno príncipe*, pois o jovem vivia e dependia das estrelas.

Bernis tenta voltar para a viagem, mas seu sofrimento está roubando-lhe algo precioso: a paciência. Como efeito, cada vez menos ele presta atenção aos detalhes. As paradas se misturam às lembranças, o aviador não sabe mais se está viajando pelo deserto ou pelas próprias memórias: em consequência, se perde.

No ponto alto da narrativa, os colegas aviadores partem em busca do desaparecido. Como mencionado, tratavam-se de itinerários: atrasos muito longos de um ponto a outro de uma parada indicavam acidentes. Os telégrafos cumpriam seu papel e toda a linha se colocava à procura. Além de um homem, além de um avião, o mais importante estava correndo o risco de se perder: o correio.

O narrador dá pistas de ter conhecido Bernis, de ter sido seu confidente nas narrativas das peripécias com Geneviève e seu aprendiz nas aventuras da linha. Ele parece ter tomado algumas das memórias de Bernis como suas: é um homem que fala de um herói que ele conheceu, com o qual conviveu, com quem dividiu o mesmo silêncio em longas esperas e a mesma gargalhada a cada etapa cumprida.

Sob o Cruzeiro do Sul, lá estava Bernis. Contudo, o mais importante é a entrega das cartas. Um mote da companhia Aéropostale atravessa os três primeiros romances de Saint-Exupéry, e *Correio sul* de modo especial: a linha deve continuar.

JONAS TENFEN[2]

junho de 2016

---

[2] Tradutor e professor de literatura e gramática de língua portuguesa. Nascido em Ituporanga (SC), atualmente vive em Pelotas (RS), onde desenvolve pesquisas sobre a literatura de João Simões Lopes Neto e sobre a história da Aéropostale no Brasil.

CORREIO
SUL

PRIMEIRA PARTE

I

Pelo rádio. 6h10. De Toulouse para escalas. Correio França-América do Sul deixou Toulouse 5h45 pt.

Um céu puro como água banhava as estrelas e as revelava. Depois, a noite. Sob a lua, o Saara desdobrava-se duna por duna. Sobre nossas cabeças, esta luz que não evidenciava os objetos, mas os compunha, nutrindo de matéria frágil cada uma das coisas. Sob nossos passos ensurdecidos, havia o luxo de uma areia esparsa. Caminhávamos com a cabeça descoberta, livres do peso do sol. A noite: este abrigo...

Mas como crer em nossa paz? Os ventos alísios deslizavam sem descanso em direção ao Sul. Varriam a praia com um sussurro de seda. Não eram como os ventos da Europa, que rodopiavam, que cediam: estes permaneciam estáveis sobre nós como um trem expresso em movimento. Por vezes, à noite, nos tocavam de modo tão firme que nos apoiávamos contra eles, em direção ao norte, com a sensação de estarmos sendo arrebatados, empurrados em direção a algum ponto misterioso. Que pressa, que inquietude!

O sol voltava, trazendo o dia. Os mouros estavam pouco agitados. Os que se aventuravam até o forte espanhol gesticulavam, portavam seus fuzis como se fossem brinquedos. Era o Saara visto dos bastidores: as tribos indóceis perdiam ali seu mistério e exibiam alguns de seus figurantes.

Vivíamos juntos diante de nossa própria imagem, a mais restrita. Por essa razão não sabíamos ficar isolados no deserto: era necessário voltar para nossas casas para podermos compreender nosso distanciamento e observá-lo em perspectiva.

Não avançávamos além de quinhentos metros, só até o ponto onde começava a dissidência, prisioneiros dos mouros e de nós mesmos. Nossos vizinhos mais próximos, de Cisneros, de Port Étienne,[1] estavam a setecentos, a mil quilômetros de distância, presos também no Saara como que por coleiras de ferro e correntes. Gravitavam ao redor do mesmo forte. Nós os conhecíamos por seus apelidos e suas manias, mas havia entre nós a mesma espessura de silêncio que existe entre os planetas habitados.

Entretanto, para a gente, o mundo começava a agitar-se naquela manhã. O operador de telégrafo finalmente nos entregara um telegrama – dois postes fincados na areia nos religavam ao mundo uma vez por semana:

Correio França-América partiu de Toulouse 5h45 pt. Passou Alicante 11h10.

Toulouse falava; Toulouse, cabeça da linha. Deus distante.

Em dez minutos, a notícia nos alcançava por Barcelona, por Casablanca, por Agadir, depois se propagava em direção a Dakar. Os aeroportos haviam sido alertados numa extensão de cinco mil quilômetros de linhas. Por volta das seis horas da tarde, ainda nos comunicávamos:

Correio aterrissará Agadir 21h partirá para Cabo Juby 21h30, ali pousará com bomba Michelin pt. Cabo Juby preparará iluminação regular pt. Ordem ficar em contato com Agadir. Assinado: Toulouse.

Do observatório de Cabo Juby, isolados em pleno Saara, seguíamos um cometa distante.

Por volta das seis horas da tarde, o sul agitava-se:

---

[1] Trata-se da cidade de Nouadhibou, segunda maior cidade da Mauritânia. Apesar de "Port Étienne" ser o nome dado ao local durante a ocupação colonial francesa, optou-se por seu uso por conta da relação que a palavra "porto" tem com a narrativa. (N. T.)

De Dakar para Port Étienne, Cisneros, Juby: comunicar urgência notícias correio.

De Juby para Cisneros, Port Étienne, Dakar: nenhuma notícia desde passagem 11h10 Alicante.

Um motor roncava em algum lugar. De Toulouse até Senegal, tentávamos escutá-lo.

II

Toulouse, 5h30.
O carro do aeroporto para próximo à entrada do hangar, aberto sob a noite chuvosa. Lâmpadas de quinhentas velas dão forma a objetos duros, nus, precisos como os de uma vitrine. Cada palavra pronunciada sob este arco ecoa, habita, carrega o silêncio.

Metal brilhando, motor sem sujeira. O avião parece novo. Relojoaria delicada, na qual mecânicos tocam com seus dedos criadores para depois afastarem-se de sua obra.

– Mais rápido, senhores, mais rápido...

Malote por malote, o correio entra no ventre do aparelho. Checagem rápida:

– Buenos Aires... Natal... Dakar... Casa... Dakar... Trinta e nove malotes. Certo?

– Certo.

O piloto se veste. Casaco, lenço, sobretudo, calças de couro, botas forradas. Seu corpo sonolento pesa. Alguém o chama: "Vamos! Apressemo-nos!". Ele ergue-se pesada e inabilmente até o posto de pilotagem, as mãos ocupadas por seu relógio, seu altímetro, seu porta-mapas e os dedos adormecidos sob as luvas grossas. Escafandrista fora de seu elemento. Mas, uma vez em seu posto, tudo fica mais leve.

Um mecânico dirige-se a ele:
– Seiscentos e trinta quilos.
– Certo. Passageiros?
– Três.

Ele os recebe a bordo sem vê-los.

O chefe da pista faz meia-volta em direção aos ajudantes:
– Quem aparafusou o capô?
– Fui eu.
– Vinte francos de multa.

O chefe da pista lança um último olhar: tudo em absoluta ordem; gestos regrados como para um balé. O avião está em seu lugar exato neste hangar, como o estará em cinco minutos no céu. Um voo tão bem calculado como o lançamento de um navio. O parafuso que falta: erro gritante. Lâmpadas de quinhentas velas, olhares precisos, toda essa rigidez para que este voo, lançado de escala em escala até Buenos Aires ou Santiago do Chile, tenha êxito em virtude de cálculos perfeitos de balística, e não por obra do acaso. Para que, apesar das tempestades, dos nevoeiros, dos tornados, apesar de milhares de armadilhas das válvulas, do balanceiro, de toda a matéria, que os expressos, os cargos, sejam ultrapassados, superados, aniquilados! E para alcançar Buenos Aires ou Santiago do Chile em tempo recorde.

– Motores em funcionamento.

O piloto Bernis recebe um pedaço de papel: o plano de batalha.

Bernis lê:

Perpingnan indica céu claro, sem vento. Barcelona: tempestade. Alicante...

Toulouse. 5h45.

As rodas possantes esmagam os calços. O capim, até uma distância de vinte metros, parece correr, cedendo à força do vento produzido pela hélice. Bernis, com um movimento do punho, desencadeia ou contém a tempestade.

O barulho então aumenta, em arrancadas sucessivas, até tornar todo o ambiente denso, quase sólido, onde o corpo fica encerrado. Quando o piloto sente preencher em si alguma coisa até então não satisfeita, pensa: é hora. Olha então o capô negro apoiado sob o céu, em contraluz, como um canhão. Atrás da hélice, tremula a paisagem iluminada pela luz da aurora.

Após avançar lentamente com o vento de proa, puxa a alavanca de gasolina. Impulsionado pela hélice, o avião avança. Os primeiros saltos sobre o ar elástico são amortecidos e o chão parece enfim retesar-se, luzir sob as rodas como uma correia. Ao perceber o ar, de início impalpável, depois fluido, tornando-se sólido, o piloto apoia-se nele e sobe.

As árvores que margeiam a pista revelam o horizonte e desaparecem. A duzentos metros de altura, inclina-se sobre um curral de brinquedo, as árvores enfileiradas, as casas pintadas e a floresta com sua espessura de carpete: terra habitada...

Bernis busca a inclinação das costas e a posição do cotovelo mais adequadas ao seu conforto. Atrás dele, as nuvens baixas de Toulouse lembram saguões mal iluminados de estações de trem. Agora ele oferece menos resistência ao avião, que quer subir, e alivia um pouco a força de sua mão. Com um movimento, liberta os vagalhões que o elevam e que se propagam sobre ele como ondas.

Em cinco horas, Alicante; à noite, África. Bernis devaneia. Ele está em paz: "Deixei tudo em ordem". Ontem, partia de Paris no expresso da noite; que férias estranhas. Delas, guarda lembranças confusas de um tumulto incompreensível. Sofrerá mais tarde, mas por ora deixa tudo para trás, como se tudo estivesse fora dele. No momento, ele tem a sensação de nascer junto ao amanhecer que surge, sente que está ajudando, ó madrugador, a construir este dia. Pensa: "Eu não sou nada além de um operário, eu faço o correio da África". E, para o operário que começa a construir o mundo a cada manhã, o mundo começa a existir a cada dia que nasce.

"Deixei tudo em ordem..." Última noite no apartamento. Jornais dobrados ao redor das pilhas de livros. Cartas queimadas, cartas selecionadas, mobília coberta. Cada coisa delimitada, tirada de sua vida, jogada pelo espaço. E este tumulto no peito que não tem mais sentido.

Ele se preparou para o futuro como para uma viagem. Embarcou para o dia seguinte como para uma América. Tantas coisas inacabadas ainda o prendiam a si mesmo. E, de repente, estava livre. Bernis quase tem medo de se descobrir tão disponível, tão mortal.

Carcassone, escala de socorro, escoa por baixo dele.

Um mundo tão organizado – a três mil metros. Organizado como poemas em uma caixinha. Casas, canais, rotas, brinquedos dos homens. Mundo loteado, mundo quadriculado, onde cada propriedade tem sua sebe, o parque, seu muro. Carcassone, onde cada vendedor repete a vida de seus antepassados. Humildes alegrias demarcadas. Os brinquedos dos homens bem organizados na vitrine.

Mundo em vitrine, demasiado exposto, demasiado espalhado, cidades em ordem no mapa aberto e que uma terra que se move lentamente traz para si com a certeza de uma maré.

Ele sonha que está só. O sol reflete sobre o quadrante do altímetro. Um sol luminoso e gelado. Um movimento no manche e a paisagem inteira se modifica. Esta luz é mineral, este sol parece mineral: ficou para trás tudo o que faz a doçura, o perfume, a debilidade das coisas vivas.

Entretanto, sob a veste de couro, uma carne morna e frágil, Bernis. Sob as luvas espessas, mãos maravilhosas que sabiam, Geneviève, acariciar sua face com o dorso dos dedos...

Logo adiante, a Espanha.

III

Hoje, Jacques Bernis, você atravessará a Espanha com a tranquilidade de um proprietário. Visões conhecidas, uma a uma, surgirão. Você passará por entre as tempestades com tranquilidade. Barcelona, Valência, Gibraltar, todas surgirão diante de ti e depois desaparecerão. Tudo bem. Você recolherá seu mapa, e seu trabalho estará concluído. Mas eu me lembro dos seus primeiros passos, dos meus últimos conselhos, da véspera do seu primeiro correio. De madrugada, você tomou em seus braços, em seus frágeis braços, as meditações de um povo. Levá-las a salvo por entre mil ciladas, como um tesouro escondido sob a capa. Correio precioso, disseram para você, correio mais precioso que a vida. E tão frágil que bastaria um erro para perdê-lo em meio às chamas e dispersá-lo ao vento. Eu me lembro daquele dia tão importante:

– E então?

– Então você vai tentar alcançar a praia de Peníscola. Cuidado com os barcos de pesca.

– E depois?

– Depois, até Valência você sempre encontrará pontos de apoio: eu marquei todos com lápis vermelho. À falta de algo melhor, pouse no leito dos rios secos.

Bernis estava de volta à escola, sob a luz do abajur verde, diante dos mapas abertos. Mas em cada ponto do solo seu mestre de então lhe apontava um segredo vivo. As regiões desconhecidas já não evidenciam cifras de mortos, mas verdadeiros campos em flor – onde justamente é preciso tomar cuidado com esta árvore – praias reais, com suas areias – onde, à noite, era preciso evitar os pescadores.

Você já sabia, Jacques Bernis, que nós jamais conheceríamos a Alambra ou as mesquitas de Granada ou Almeria, mas sim um regato, uma laranjeira, seus mais singelos segredos.

– Então, escute-me: se aqui o tempo estiver bom, você passa direto. Mas se o tempo estiver ruim, se você estiver voando baixo, vire à esquerda e acompanhe este vale.

– Eu acompanho este vale.
– Então você alcançará o mar por este desfiladeiro.
– Eu alcanço o mar por este desfiladeiro.
– E tome cuidado com o motor: a falésia é escarpada e há rochedos.
– E se ele falhar?
– Você dá seu jeito.

E Bernis sorriu: os jovens pilotos são românticos. Um rochedo passa como uma pedrada e o assassina. Uma criança corre, mas uma mão a segura pela cabeça e a derruba.

– Mas não, meu caro, não! Dá-se um jeito.

E Bernis estava orgulhoso daquele ensinamento: sua infância não havia aprendido da Eneida um único segredo que o protegesse da morte. O dedo do professor sobre o mapa da Espanha não era um dedo mágico nem revelava tesouros e armadilhas. Não mostrava nem mesmo uma pastora no campo.

Quanta doçura espalhava aquela lâmpada, com sua luz oleosa. Este filete de óleo que acalmava o mar. Do lado de fora, ventava. Este quarto era bem uma ilhota no mundo como um albergue de marinheiros.

– Um cálice de Porto?
– Certamente...

Quarto de piloto, albergue incerto. Era preciso sempre reconstruí-lo. A companhia havia nos avisado na noite anterior: "O piloto X tem como destino o Senegal... a América...". Era preciso, na mesma noite, desfazer seus laços, fechar suas caixas, despir o quarto de si mesmo, de suas fotos, de seus livros usados e deixá-lo para trás, com menos marcas do que se tivesse sido habitado por um fantasma. Era preciso, às vezes, mesmo à noite, desenlaçar dois braços, exaurir as forças de uma moça, não tentar argumentar, todas fazem cara feia, mas cansá-la e, por volta das três da manhã, entregá-la docemente ao sono, vencida não pela partida, mas por sua tristeza, e dizer: então ela aceitou, pois está chorando.

O que você aprendeu, depois, ao correr o mundo, Jacques Bernis? O avião? Nós progredimos lentamente, como se cavássemos num cristal duro. As cidades, pouco a pouco, substituem umas às outras, é preciso aterrissar para entendê-las. Agora, você sabe que estas riquezas não são nada mais que oferendas que depois se apagam, lavadas pelas horas como que pelo mar. Mas, ao retornar de suas primeiras viagens, que homem você pensa que se tornou? E por que este desejo de compará-lo com o fantasma de um rapazote? Quando da sua primeira licença, você me levou até a escola em que estudávamos. Daqui do Saara, Bernis, onde eu espero você passar, eu me lembro com melancolia desta visita à nossa infância.

Uma vila branca entre os pinheiros, iluminavam-se as janelas, uma por uma. Você me dizia:

– Aqui está a sala na qual escrevemos nossos primeiros poemas...

Vínhamos de muito longe. Nossos sobretudos pesados preenchiam o mundo e nossas almas de viajantes olhavam dentro de nós mesmos. Alcançávamos as cidades desconhecidas com os maxilares cerrados, com as mãos bem protegidas por luvas. As multidões deslizavam sobre nós sem nos ferir. Para as cidades civilizadas, reservávamos as calças de flanela branca e a camisa de tênis. Para Casablanca, para Dakar. Em Tânger, caminhávamos com a cabeça descoberta: não era preciso armadura naquela pequena cidade adormecida.

Voltávamos sólidos, sustentados por músculos masculinos. Havíamos lutado, havíamos sofrido, havíamos atravessado terras sem fim, havíamos amado algumas mulheres, às vezes jogado cara ou coroa com a morte, para simplesmente nos despojar daquele medo das lições e dos castigos que haviam dominado nossa infância, para no sábado à noite assistirmos, invulneráveis, às leituras das notas.

Um murmúrio no vestíbulo, depois apelos, e então um grupo de idosos apressados. Vinham vestidos com a luz dourada das lâmpadas, com rostos envelhecidos, mas com olhos muito lúcidos: alegres, encantadores. E, de repente, entendíamos que eles já nos concebiam como se fôssemos de outra carne: os anciãos costumam apresentar-se com um passo firme para aparentar uma falsa juventude.

Eles não se espantavam com meu aperto de mão forte, nem com o olhar direto de Jacques Bernis, nos trataram de pronto como homens crescidos, pois foram logo buscar uma garrafa de velho Samos de que nenhum de nós havia ouvido falar.

Nós nos acomodamos para a refeição da noite. Como camponeses ao redor do fogo, eles se espremiam sob o abajur. Percebemos, então, que eram fracos.

Eram fracos porque se tornaram indulgentes, pois nossa indolência de outrora, que nos conduziria ao vício e à miséria, não era para eles nada mais que um defeito de infância, e eles riam disso; pois nosso orgulho, que eles nos fizeram vencer com tanto ardor, era nesta noite elogiado, chamado de nobre. Chegamos até mesmo a ouvir confissões do mestre de filosofia.

Possivelmente Descartes apoiava seu sistema sobre uma petição de princípio. Pascal... Pascal era cruel. Sem resultado, apesar dos esforços, ele desperdiçou sua vida no antigo dilema da liberdade humana. E ele, que nos defendia com todas as suas forças do determinismo, contra Taine, ele, que considerava Nietzsche o inimigo mais cruel para as crianças que saem do colégio, ele nos confessava fraquezas culpáveis. Nietzsche... Nietzsche o perturbava. E a realidade da matéria... Já não sabia mais, e se inquietava...

Então nos interrogavam. E a nós, que tínhamos saído daquela casa confortável para a grande tempestade da vida, ele nos fazia narrar a verdadeira atmosfera que pairava sobre a terra. Se for verdade que o homem que ama uma mulher torna-se seu escravo, como Pirro, ou seu carrasco, como Nero. Se de fato a África, suas solidões e seu céu azul correspondem ao que ensina o professor de geografia. (E os avestruzes, que fecham os olhos para se proteger?) Jacques Bernis se inclinava um pouco, pois guardava grandes segredos, embora os professores os tivessem roubado.

Queriam saber dele a embriaguez da ação, o ronco do seu motor, e que dissesse que não bastava para ele podar as roseiras ao entardecer para ser feliz. Era tarefa dele então explicar Lucrécio ou o Eclesiastes e dar conselhos. Bernis os ensinava, ainda a tempo, que era preciso carregar alimentos e água para não morrer, perdido após uma pane no deserto. Com pressa, Bernis deixava para eles os últimos conselhos: os segredos que salvam o piloto dos mouros, os reflexos que salvam o piloto do fogo. Eles então balançavam a cabeça, ainda inquietos, já acalmados e orgulhosos por terem deixado para o mundo estas novas forças. Eles finalmente tocavam com as mãos estes heróis que haviam celebrado desde sempre e agora podiam morrer, tendo-os finalmente conhecido. Falaram da infância de Júlio César.

Contudo, com medo de entristecê-los, lhes narramos as decepções e o gosto amargo do repouso após a ação inútil. E como o mais velho sonhava, o que nos incomodava, também dissemos que talvez a única verdade fosse a paz dos livros. Mas eles já sabiam disso. Sua experiência era cruel, já que eram eles que ensinavam história aos homens.

"Por que você voltou ao seu país?" Bernis não respondeu, mas os velhos professores conheciam as almas, e, piscando os olhos, pensaram no amor...

IV

Lá do alto, a terra parecia nua e morta; o avião desce, ela então se veste. Os bosques voltam a preenchê-la, os vales e as colinas fazem-na ondular: ela respira. Uma montanha que ele sobrevoa, peito de gigante deitado, infla até quase tocar o avião.

Agora próximo, tudo se acelera, como a correnteza de um rio sob uma ponte. É a ruína deste mundo unido. Árvores, casas, vilarejos se separam do horizonte liso, são deixados para trás, à deriva.

O terreno de Alicante sobe, balança, volta para seu lugar, as rodas roçam o chão, aproximam-se dele como se fossem um laminador de metais, ali afiam-se.

Bernis desce da carlinga com as pernas pesadas. Fecha os olhos por um breve instante; a cabeça ainda repleta do barulho do motor e de imagens vivas, seus membros ainda como que carregados pela vibração do aparelho. Entra então no escritório, senta-se lentamente, empurra o tinteiro e alguns livros com o cotovelo e pega o caderno de rota do 612.

Toulouse-Alicante: 5h15 de voo.

Para de escrever, dominado pelo cansaço e pelo sono. Um barulho confuso chega aos seus ouvidos. Ouve a voz de uma mulher falando alto ao longe. O motorista do Ford abre a porta do escritório, se desculpa, sorri. Bernis reflete profundamente sobre estas paredes, esta porta e o porte físico avantajado do motorista. Mistura-se por dez minutos em uma discussão que não compreende, em gestos que se completam e se formam. Esta visão é irreal. Uma árvore plantada diante da porta ainda permanece ali, depois de trinta anos. Há trinta anos oferece aquela imagem.

Motor: nada a assinalar.
Avião: pende para direita.

Ao pousar a caneta, apenas um pensamento: "Estou com sono", e o sonho que comprime suas têmporas impõe-se novamente.

Uma luz cor de âmbar envolve uma paisagem muito clara. Os campos tão bem ceifados e as pradarias. Pode-se ver um vilarejo à direita, um minúsculo rebanho à esquerda e, abarcando tudo, a abóbada de um céu azul. "Uma casa", pensa Bernis. Ele se lembra de ter sentido certa vez, numa compreensão repentina, que esta paisagem, este céu, esta terra, tudo havia sido edificado à maneira de uma morada. Morada familiar, tudo bem organizado. Cada objeto perfeitamente vertical. Nenhuma ameaça, nenhuma fissura naquela visão unificada: era como estar dentro de uma paisagem.

Assim, as velhas senhoras sentem-se eternas às janelas de suas salas de estar. O gramado é recente, o lento jardineiro rega as flores. Elas observam com os olhos as costas dele, uma visão que acalma. Um odor de cera que sobe do assoalho brilhante as encanta. A ordem da casa é suave: o dia passou arrastando atrás de si seu vento, seu sol e seus temporais, que magoaram apenas algumas rosas.

"Está na hora. Adeus". Bernis parte novamente.

Bernis entra na tempestade, que ataca o avião como golpes de picareta em uma demolição: ele já vira outras, esta passará. Bernis dá espaço apenas para pensamentos primários, pensamentos que dirigem a ação: sair desta arena de montanhas para onde o tornado descendente o empurra, onde a chuva em rajadas de vento é tão espessa que parece ser noite. Transpor essa muralha, ganhar o mar.

Um choque! Algo quebrado? O avião, de repente, pende para a esquerda. Bernis o mantém com uma das mãos, depois com as duas, então com todo o seu corpo. "Meu Deus!" O avião direciona seu peso para a terra. Bernis está perdido. Um segundo ainda e aquela casa em ruínas que ele vira de relance desaparecerá para sempre da sua vista. Planícies, florestas, vilarejos surgirão em espiral na direção dele. Fumaça das aparências, espirais de fumaça, fumaça! Currais e rebanhos em convulsão nos quatro cantos do céu.

"Ah, que susto..." Um movimento com o calcanhar solta um cabo. Comando emperrado. O quê? Sabotagem? Nunca. Quase nada: um movimento do calcanhar traz de volta o mundo. Que aventura!

Uma aventura? Daquele instante resta apenas um gosto na boca, um amargor na carne. Ah! Mas esta falha imprevista! Tudo não passou de uma ilusão de óptica: rotas, canais, casas, brinquedos de homens!

Tudo passou. Acabou. Aqui o céu é claro. O boletim meteorológico havia previsto isso. "Um quarto do céu coberto de cirros". O boletim? As curvas isobáricas? Os "sistemas de nuvens" do professor Borjsen? Um céu de festa popular, isso sim. Um céu de 14 de julho. Era preciso dizer: "Em Málaga é dia de festa!" Cada habitante conta com dez mil metros de puro céu por cima de si. Um céu que vai até os cirros. Nunca o aquário fora tão luminoso, tão vasto. Assim, no golfo, uma tarde de regatas: céu azul, mar azul, colarinho azul e os olhos azuis do capitão. Um feriado esplendoroso.

Missão cumprida. Trinta mil cartas transportadas.

A companhia pregava: correio precioso, correio mais precioso que a vida. Sim. É do que vivem trinta mil amantes... Paciência, amantes! Chegaremos até vocês no calor da noite. Atrás de Bernis, nuvens espessas, agitadas como uma tigela em meio a um tornado. Diante dele uma terra vestida de sol, o tecido claro dos prados, a lã dos bosques, o véu franzido do mar.

Será noite em Gibraltar. Então, uma curva à esquerda na direção de Tânger descolará a Europa de Bernis, como um enorme campo de gelo flutuante, à deriva...

Ainda algumas cidades alimentadas por terra marrom, depois a África. Ainda algumas cidades alimentadas por uma escura massa e depois o Saara. Nesta noite Bernis assistirá ao despir-se da terra.

Bernis está exausto. Dois meses antes, fora até Paris para conquistar Geneviève. Voltou ontem para a companhia, depois de conseguir a autorização para voar sem obstáculos. Estas planícies, estas cidades, estas luzes que escapam dele, ele que as abandona. Que se despe delas. Em uma hora, o farol de Tânger estará aceso: até do farol de Tânger Jacques Bernis vai se lembrar.

SEGUNDA PARTE

I

É preciso que eu volte um pouco para narrar os acontecimentos destes dois meses passados. Do contrário, o que restaria deles? O mundo me parecerá novamente um lugar seguro depois que estes eventos forem, pouco a pouco, encerrando seu fraco redemoinho sobre estes personagens que simplesmente apagaram-se, como a água parada de um lago, quando forem amortecidas as emoções pungentes que esses acontecimentos me proporcionaram, acontecimentos que serão depois menos lancinantes, e então serão doces. Será que já estou pronto para visitar os locais onde me seriam cruéis as lembranças de Geneviève e de Bernis sem que o sofrimento e o remorso me atinjam?

Dois meses antes, Bernis tinha ido até Paris, mas, após uma ausência tão longa, não encontrou mais seu lugar ali: obstrui-se uma cidade. Era então nada além de Jacques Bernis vestindo um casaco que rescendia a cânfora. Movia-se com seu corpo entorpecido e desajeitado e reclamava de tudo de instável e provisório que revelavam suas malas de ferro muito bem alinhadas num canto do quarto: este quarto que ainda carecia de roupas e livros.

"Alô... É você?" Ele retoma contato com amigos, que lhe saúdam:
– Voltou! Bravo!
– E então? Quando nos veremos?

Não podem hoje. Amanhã? Amanhã jogarão golfe, mas ele pode ir também. Ele não quer? Então, que seja depois de amanhã. Jantar. Oito horas em ponto.

Ele entra lentamente em uma danceteria e, entre os gigolôs, carrega consigo seu casaco como se fosse a roupa de um explorador. Eles vivem sua noite neste recinto como peixes em um aquário, folheiam um madrigal, dançam e voltam a beber. Bernis, neste ambiente confuso, onde somente ele mantém a razão, sente-se cansado como um carregador com todo o peso sobre suas pernas. Seus pensamentos são imprecisos. Passa por entre as mesas em busca de um lugar vago, os olhos das mulheres que ele toca esquivam-se, parecendo desvanecer. Ele caminha e os jovens se desviam flexíveis. Do mesmo modo que, à noite, os cigarros caem das mãos de sentinelas à medida que o oficial de ronda avança. Reencontramos sempre este mundo, assim como os marinheiros bretões reencontram seus vilarejos de cartão-postal e suas noivas muito fiéis, que quase não envelheceram na sua ausência. Sempre igual, como a gravura de um livro infantil. Ao perceber tudo tão bem-posto em seu lugar, tudo tão bem ajustado pelo destino, sentíamos medo de alguma coisa indefinida. Bernis pedia notícias de um amigo: "Mas claro. O mesmo. Seus negócios não vão muito bem. Enfim, você sabe... a vida." Todos eram prisioneiros de si, limitados por este freio misterioso. Não eram como ele, este fugitivo, esta criança pobre, este mágico.

Os rostos de seus amigos pouco mudados e afilados por dois invernos, dois verões. Esta mulher no canto do bar: a reconheceu. O rosto um pouco cansado por ter ofertado tantos sorrisos. Este barman: ele mesmo. Bernis teve medo de ser reconhecido, como se a voz que o interpelasse pudesse ressuscitar nele um Bernis morto, um Bernis sem asas, um Bernis que não havia partido.

Com o passar dos dias em Paris, uma paisagem se construía gradativamente ao redor dele, como uma prisão. As areias do Saara, os rochedos da Espanha, eram pouco a pouco retirados da verdadeira paisagem que transparecia, como figurinos de teatro. Enfim, após a fronteira atravessada, oferecia-se a grande planície de Perpignan, onde ainda se arrastava o sol, em filetes em fusão, delgados e transversais, a cada minuto mais desgastados, as vestimentas de ouro, dispersas sobre a vegetação rasteira, que a cada minuto esmoreciam, ficavam mais transparentes, mas que não se extinguiam, simplesmente evaporavam. Então, aquele limo verde-escuro e doce sob o ar azul, a essência da tranquilidade. Motor em marcha lenta, este mergulho no fundo do mar, onde tudo descansa, onde tudo assume a evidência e a resistência longeva de um muro.

E então o trajeto de carro do aeroporto até a estação do trem. Diante de si estes rostos fechados, endurecidos. Mãos que levam destinos gravados consigo e que repousam horizontalmente sobre os joelhos, tão pesadas. Trabalhadores rurais voltando dos campos. A moça diante da porta da casa, que esperava a chegada de um homem entre cem mil, renunciando a cem mil esperanças. A mãe que embalava uma criança da qual é prisioneira, sem possibilidade de fuga.

Imediatamente colocado a par do segredo das coisas, Bernis retornava ao seu país pelo caminho mais íntimo, com as mãos nos bolsos, sem portar mala de viagem, piloto de linha. Estava de volta ao mundo mais imutável, em que era preciso um processo que durava vinte anos para derrubar uma parede, para expandir um campo.

Após dois anos de África e de paisagens movediças e sempre mutáveis como a superfície do mar, mas que, na sua contínua mudança, deixavam desnudo este velho cenário, o único, o eterno, aquele de onde ele tinha vindo, ele afinal firmava raízes sobre um solo verdadeiro, arcanjo triste.

"Tudo está igual..."

Ele temia encontrar as coisas diferentes, e agora sofria por descobri-las tão parecidas com o que deixara. Ele não esperava dos reencontros, das amizades, nada mais que um nebuloso tédio. De longe, imagina. Ao partir, os afetos, a princípio, são deixados para trás com um sentimento amargo no coração, mas também com uma sensação estranha de tesouro escondido. Estas fugas testemunham por vezes muito amor egoísta. Certa noite, no Saara povoado de estrelas, ele sonhou com estas ternuras distantes, ardentes e cobertas pela noite, pelo tempo, como sementes, e teve um desejo repentino: sair de si mesmo e olhar-se em perspectiva. Apoiado ao avião em pane, diante daquela curva da areia, daquela contração do horizonte, cuidava dos seus amores como um pastor...

"Eis o que eu encontro!"

E Bernis escreveu para mim certa vez:

... Eu não conto para você sobre meu retorno: acredito-me senhor das coisas quando as emoções me satisfazem. Mas nenhuma delas foi revelada. Eu era como

o peregrino que chega com um minuto de atraso a Jerusalém. Seu desejo e sua fé acabaram de morrer: ele encontra apenas pedras. Esta cidade aqui é uma muralha. Eu quero ir embora. Você se lembra daquela primeira viagem? Nós fomos juntos. Murcia, Granada, deitadas como bibelôs em vitrines e, como não aterrissamos, enterradas no passado. Deixadas aqui pelos séculos que se afastam. O motor fazia este barulho denso que existe por si só e atrás do qual a paisagem passa em silêncio como em um filme. E estava frio, pois voávamos alto: estas cidades presas no gelo. Você se lembra?

Eu guardei os papéis que você me passava:

"Atenção a este barulho estranho... não se arrisque pelo estreito se isso aumentar."

Duas horas depois, em Gibraltar: "Espere Tarifa para atravessar: melhor."

Em Tânger: "Não faça um pouso muito longo: terreno pouco firme."

É isso. Conquistamos o mundo com estas frases. Eu tive a revelação de uma estratégia que estas ordens breves tornavam tão forte. Tânger, esta pequena cidade insignificante, foi minha primeira conquista. Foi, como você viu, minha primeira invasão. Sim. Primeiro na vertical, de tão longe. Depois, durante a descida, aquela eclosão de prados, de flores, de casas. Eu trouxe à luz uma cidade submersa que ressuscitava. E de repente esta descoberta maravilhosa: a quinhentos metros da pista de pouso este árabe que cultivava a terra, que era verdadeiramente meu butim de guerra, minha criação ou meu brinquedo. Aprisionara um refém, e a África me pertencia.

Dois minutos depois, de pé sobre a relva, eu sentia-me jovem como se estivesse pousado em uma estrela onde a vida recomeça. Eu me sentia como uma árvore jovem neste solo, neste céu, neste novo clima. E eu me espreguiçava depois da viagem com aquela fome extraordinária. Eu dava passos alongados, flexíveis, para descansar da viagem e eu me divertia com o fato de ter aterrissado sobre minha própria sombra.

E esta primavera! Você se lembra daquela primavera de Toulouse, após aquela chuva cinzenta? Aquele ar puro que circulava entre as coisas. Cada mulher tinha um segredo: um sotaque, um gesto, um silêncio. E todas eram desejáveis. E depois, você me conhece, aquela pressa de tornar a partir, de ir procurar mais longe o que eu pressentia e não compreendia, pois eu era como o rabdomante andando pelo mundo com sua varinha tremendo em busca de um tesouro.

Mas, diga-me então, o que eu procuro? E por que me desespero apoiado na janela, na cidade dos meus amigos, dos meus desejos, das minhas lembranças? Por que, pela primeira vez, eu não consigo achar a fonte e me sinto tão distante do tesouro? Qual é esta promessa misteriosa que me foi feita e que um deus desconhecido não cumpre?

Eu encontrei a fonte. Você se lembra? É Geneviève.

Lendo esta carta de Bernis, Geneviève, eu fechei os olhos e vi você de novo, ainda menina. Você tinha quinze anos e nós tínhamos treze. Como você poderia envelhecer em nossas lembranças? Você havia permanecido aquela frágil criança, e era ela que nós víamos em perigo quando, surpresos diante da vida, falávamos de você. Enquanto outros levavam ao altar mulheres já feitas, era com uma menina que Bernis e eu, nas profundezas da África, havíamos noivado. Você foi, criança de quinze anos, a mais jovem das mães. Na idade em que arranham-se as pernas nuas nos ramos, você exigiu um berço de verdade, brinquedo da realeza. Enquanto entre os seus, que não sabiam do prodígio, você fazia singelos gestos femininos brincando de ser mulher, para nós você vivia uma história encantada e entrava no mundo pela porta mágica – como em um baile de máscaras, um baile infantil – disfarçada de esposa, mãe, fada...

Porque você era de fato uma fada. Eu me lembro. Você morava em uma velha casa com paredes grossas. Eu via você inclinada na janela, fenda na fortaleza, espreitando a lua. Ela ascendia. E a planície começava a emitir sons: das asas das cigarras saía seu fretenir, do ventre das rãs, seu coachar, no pescoço dos bois soavam os sinos. A lua ascendia. Às vezes chegava do vilarejo um dobre triste de sinos, levando a inexplicável morte aos grilos, aos trigais, às cigarras. E você se inclinava ainda mais, preocupada com os noivos, pois nada sofre tantas ameaças quanto a esperança. Contudo a lua ascendia. Encobrindo o som dos sinos, as corujas chamavam umas às outras para o amor. Os cães vagabundos adoravam a lua e uivavam em sua direção. E cada árvore, cada planta, cada rosa estava viva. E a lua ascendia.

Em seguida, você nos tomava pelas mãos e pedia para escutarmos, porque aqueles eram os barulhos da terra, que nos tranquilizavam e que eram bons.

Você estava tão bem abrigada por aquela casa e por aquela natureza viva e vibrante em torno dela. Você havia firmado tantos pactos com as tílias, os carvalhos e os rebanhos que nós passamos a chamar você de princesa daquele lugar. Sua feição ia se tornando cada vez mais tranquila quando, ao entardecer, o mundo se preparava para a noite. "O fazendeiro recolheu seus animais." Você sabia disso ao ler as luzes distantes dos estábulos. Um barulho surdo: "Fecharam a eclusa". Tudo estava em ordem. Enfim, o trem das sete horas fazia sua trovoada, passava pela província e ia-se embora, varrendo do seu mundo tudo que é inquieto, móvel e incerto como um rosto no vidro de um vagão de trem. E então era hora da refeição, em uma sala de jantar muito grande à meia-luz, onde você se tornava a rainha da noite, pois nós a observávamos sem descanso, como espiões. Você sentava-se silenciosa entre as pessoas mais velhas, ao centro da mesa, inclinada para frente, não oferecendo nada mais que seus cabelos ao círculo dourado dos abajures; coroada de luz, você reinava. Parecia a nós eterna por estar tão conectada às coisas, tão segura de tudo e de seus pensamentos, do seu porvir. Você reinava.

No entanto nós queríamos saber se era possível fazer você sofrer, te apertar até sufocá-la, pois sentíamos em você uma presença humana que queríamos trazer à luz. Uma ternura, uma aflição que desejávamos revelar. E Bernis lhe abraçava e você ruborizava. Bernis apertava com mais força, e as lágrimas tornavam seus olhos brilhantes sem que seus lábios perdessem o brilho, como os lábios das velhas que choram, e Bernis me dizia que estas lágrimas vinham do coração subitamente preenchido, que eram mais preciosas que diamantes, e que aquele que as bebesse se tornaria imortal. Ele me dizia também que, como as fadas que vivem sob as águas, você habitava seu corpo, que ele conhecia mil feitiços para te trazer à superfície, e que o mais garantido deles era fazê-la chorar. E era desta forma que te roubávamos o amor. Mas quando te libertávamos, você ria, e este riso nos enchia de dúvida. Como um pássaro mal aprisionado que escapa.

"Geneviève, leia versos para nós."

Você lia pouco e nós pensávamos que você já conhecia tudo. Nós nunca víamos você surpresa.

"Leia versos para nós..."

Você lia e, para nós, eram ensinamentos sobre o mundo, sobre a vida, que chegavam até nós vindos não do poeta, mas da sua sabedoria. E as aflições dos amantes e as lágrimas das rainhas tornavam-se eventos tranquilos. Morria-se de amor com tanta calma por sua voz...

"Geneviève, é verdade que se morre de amor?"
Você interrompia os versos e refletia gravemente. Você certamente procurava a resposta entre as samambaias, os grilos, as abelhas e respondia "sim", uma vez que as abelhas morrem. Era necessário e tranquilo.
"Geneviève, o que é um amante?"
Queríamos enrubescê-la, mas não conseguíamos. Um pouco menos alegre, você olhava para o lago diante de ti, cuja face tremia sob a lua. Achávamos que um amante, para você, era aquela claridade.
"Geneviève, você tem um amante?"
Desta vez você ruborizaria! Qual nada. Você sorria sem embaraço e sacudia a cabeça. Em seu reino, uma estação traz as flores; o outono traz as frutas; outra estação traz o amor: a vida é simples.
"Geneviève, você sabe o que vamos fazer um dia?" Vamos seduzi-la e te chamaremos frágil. "Seremos, mulher frágil, conquistadores." Nós explicávamos para você a vida. Os conquistadores que retornam cobertos de glória e tomam por amante aquelas que eles amavam.
"Seremos então seus amantes. Escrava, leia versos para nós..."
Mas você não lia mais. Você tinha pousado o livro. Sentia repentinamente sua vida tão segura, como uma árvore jovem sabe que cresce e uma semente sabe que se desenvolve durante o dia. Aquilo era nada além do necessário. Éramos os conquistadores das fábulas, mas você se sustentava sobre suas samambaias, suas abelhas, suas cabras, suas estrelas, você escutava as vozes das rãs, você extraía sua confiança de toda aquela vida que existia ao redor de si, da paz noturna e de si mesma, desde seus calcanhares até sua nuca, pelo destino inexprimível e, ainda assim, certo e seguro.
E como a lua estava alta e já era hora de dormir, você fechava a janela e a lua brilhava através do vidro. E nós dizíamos que você havia fechado o céu dentro de uma vitrine, e que a lua e um punhado de estrelas estavam presos ali, pois nós buscávamos, através de todos os símbolos, de todas as armadilhas, sob as aparências, atrair você do fundo dos mares onde nossa inquietude nos chamava.

... Eu encontrei a fonte. Era o que me faltava para descansar da viagem. Está comigo. As outras... Como falávamos, há mulheres que depois do amor vão para longe, para as estrelas, que são apenas fruto da nossa imaginação. Geneviève... você recorda, nós te falávamos dessa fonte. Eu a encontrei como encontra-se o sentido das coisas e caminho ao seu lado num mundo do qual descobri afinal a essência...

Ela viera separar o joio do trigo. Após mil desilusões, ela servia de intermediária para mil esperanças. Ela lhe devolvia estas castanheiras, esta alameda, esta fonte. Cada coisa trazia novamente seu segredo dentro da sua alma. Este parque não era mais cuidado, podado, limpo como para um americano, mas justamente via-se ali esta desordem nas alamedas, as folhas secas, este lenço perdido deixado ali pelos amantes. E este parque se tornava uma armadilha.

II

Ela jamais falara a Bernis sobre Herlin, seu marido. Porém naquela noite dissera: "Um jantar enfadonho, Jacques, cheio de gente: jante conosco, eu me sentiria menos solitária!".

Herlin gesticulava demais. Por que esta segurança que ele não mostra na intimidade? Ela o observava tensa. Este homem cria para si um personagem não por vaidade, mas para conseguir acreditar em si mesmo. "Muito apropriada, meu caro, sua observação." Geneviève desvia o olhar, nauseada: este gesto circular, este tom, esta segurança aparente!

– Garçom! Charutos.

Ela jamais o vira tão ativo, ele parece ébrio com seu próprio poder. Num restaurante, sobre um estrado, conduz-se o mundo. Uma palavra atinge uma ideia e a derruba. Uma palavra atinge o garçom, o *maître*, e os coloca em movimento.

Geneviève sorri sem vontade: por que este jantar político? Por que, depois de seis meses, este capricho da política? É suficiente para Herlin, para crer-se forte, deixar-se dominar por ideias fortes. Aí então, extasiado, afasta-se um pouco de sua estátua e contempla a si mesmo.

Ela deixa-os em seu jogo e dirige-se a Bernis:

– Fale-me do deserto, filho pródigo... Quando você voltará para nós de uma vez por todas?

Bernis a olha.

Por trás do sorriso daquela mulher desconhecida, Bernis vislumbra uma menina de quinze anos, como nos contos de fadas. Uma criança que se esconde, mas esboça um gesto e se denuncia: Geneviève, eu me lembro do feitiço. É preciso tomar você nos braços e apertá-la até fazê-la sofrer. E será ela que, trazida à luz, vai chorar...

Os homens, agora, cercam Geneviève com suas vestes brancas e fazem seu papel de sedutores, como se fosse possível conquistar uma mulher com ideias, com imagens, como se a mulher fosse o prêmio de tal concurso. Seu marido também exerce seu charme e a desejará esta noite. Ele a nota quando outros homens a desejam. Quando, vestida com sua camisola, seu brilho, seu desejo de prazer, sob a esposa brilhar um pouco da meretriz. Ela pensa: ele só ama o que é medíocre. Por que nunca me amam por inteiro? Amam uma parte dela, mas deixam a outra na escuridão. Eles a amam como amam a música, o luxo. Se ela é espirituosa ou sentimental, a desejam. Mas no que ela acredita, o que ela sente, o que ela traz consigo, tudo isso eles desprezam. Sua ternura por seu filho, suas preocupações mais justas, tudo isso vive na sombra, é negligenciado.

Perto dela, todos os homens ficam indefesos. Ofendem-se e comovem-se com ela e, para lhe agradar, parecem dizer: eu serei o homem que você quiser; e é verdade. Isto não tem nenhuma importância para Herlin. O que lhe importava era que se deitava com ela.

Ela não pensa sempre no amor: ela não tem tempo!

Ela se lembra dos primeiros dias de noivado. Sorri: Herlin descobriu de repente que estava apaixonado (sem dúvida, poderia ele esquecer-se disso?). Ele queria falar-lhe, domá-la, conquistá-la: "Ah! Eu não tenho tempo...". Ela caminhava diante dele pela vereda e cortava os ramos mais tenros com uma vareta ao ritmo de uma canção. A terra macia cheirava bem. Os ramos batiam em seu rosto como gotas de chuva. Ela repetia para si mesma: "Eu não tenho tempo... não tenho!" Era preciso primeiro correr até a estufa para cuidar de suas flores.

– Geneviève, você é uma criança cruel!

– Sim. Com certeza. Olhe minhas rosas, elas pesam tanto! É inacreditável que uma flor pese tanto.

– Geneviève, deixe-me abraçá-la...

– Deixo sim. Por que não? Gosta das minhas rosas?

Os homens sempre gostam das rosas dela.

– Mas não, não, meu caro Jacques, eu não estou triste. – Ela vira-se para Bernis: – Eu me lembro... Eu era uma criança estranha. Eu criei um deus só para mim. Se um desespero infantil me dominava, eu chorava o dia todo, sem solução. Mas, à noite, com a lâmpada apagada, eu encontrava meu amigo. Eu lhe dizia na minha prece: é isso que está acontecendo e eu sou fraca demais para consertar minha vida bagunçada. Mas eu entrego tudo em suas mãos: você é muito mais forte que eu. Resolva isso tudo para mim. E então eu adormecia.

E depois, entre tantas incertezas, existem as coisas seguras. Ela reinava entre os livros, as flores, os amigos. Ela firmava pactos com eles. Sabia o sinal que fazia sorrir, a palavra que motivava: "Ah! É você, meu velho astrólogo...". Ou quando Bernis entrava: "Sente-se, filho pródigo..." Cada um estava ligado a ela por um segredo, por esta doçura de ser descoberto, de estar comprometido. A amizade mais pura tornava-se plena como um crime.

"Geneviève", dizia Bernis, "você reina o tempo todo sobre as coisas."

Ela mudava de lugar aos poucos os móveis da sala, arrastava uma poltrona, e o amigo encontrava, ali, seu verdadeiro lugar no mundo. Após toda a vida de um dia inteiro, aquele tumulto silencioso de música esparsa, de flores perdidas: tudo o que a amizade extrai da terra. Geneviève silenciosamente criava a paz em seu reino. E Bernis sentia-se tão distante dela, a jovem prisioneira que um dia o amara, agora tão bem protegida...

Mas as coisas, um dia, se tornaram revoltas.

III

– Deixe-me dormir...

– É assustador! Levante-se. A criança está sufocando.

Arrancada de seu sono, correu até a cama. A criança dormia. Com a face brilhante por causa da febre, a respiração curta, mas calma. Sonolenta, Geneviève pensou na respiração ofegante dos rebocadores. "Que trabalho!" E a situação já perdurava havia três dias! Incapaz de pensar em qualquer coisa, ficou debruçada sobre a criança doente.

– Por que você me disse que ele estava sufocando? Por que me assustou?

Seu coração ainda estava sobressaltado. Herlin respondeu:
– Eu pensei que estava.
Ela sabia que ele estava mentindo. Ele era incapaz de sofrer sozinho. Quando sentia qualquer angústia, precisava dividi-la com alguém. A paz do mundo tornava-se insuportável quando ele estava sofrendo. No entanto, após três noites de vigília, ela precisava de uma hora de repouso. Ela já nem sabia mais onde estava.

Ela o perdoava por estes milhares de chantagens porque as palavras… que importam? Esta contabilidade de sono é tão ridícula!

– Você não está sendo sensato – disse, apenas. – E depois, para acalmar a situação, concluiu: – Você é uma criança…

Perguntou as horas à enfermeira:
– Duas e vinte.
– Já?

Geneviève repetia "duas e vinte…" como se houvesse alguma urgência. Mas não. Não havia nenhum horário a cumprir. Ela ajeitou a cama, organizou os frascos de remédio, mexeu na janela. Criou uma ordem invisível e misteriosa.

– A senhora deveria dormir um pouco – disse a enfermeira.

Depois o silêncio. Depois, de novo, a opressão de uma viagem em que uma paisagem invisível corria.

– Esta criança que vimos crescer, para quem demos tanto carinho… – declamou Herlin. Ele queria que Geneviève percebesse que ele estava sofrendo. Este papel de pai arrasado…

– Ocupe-se, meu caro, faça alguma coisa! – aconselhou gentilmente Geneviève. – Você tem compromissos de trabalho: vá resolvê-los!

Ela o estimulava tocando seus ombros, mas ele cultivava sua dor:
– Como pode querer que eu me vá num momento como este…

Num momento como este, disse para si mesma Geneviève, no entanto… mais do que nunca era preciso! Ela sentia uma estranha necessidade de organização. Este vaso fora do lugar, este casaco do Herlin jogado em cima do móvel, o pó sobre o aparador, era… era terreno conquistado pelo inimigo. Indícios de uma tenebrosa derrota contra a qual ela lutava. O ouro dos bibelôs, os móveis arrumados, são realidades superficialmente claras. Para Geneviève, tudo o que é saudável, claro e brilhante parecia proteger da obscuridade da morte.

O médico dizia: "Tudo vai ficar bem: a criança é forte." Certamente que sim. Quando ela dormia, se agarrava à vida com seus pequenos punhos cerrados. Era tão alegre, tão vigorosa...

– Madame, a senhora deveria sair um pouco, passear – dizia a enfermeira –, eu irei depois. Do contrário, não conseguiremos suportar.

Era estranho o espetáculo desta criança que exauria as forças de duas mulheres. Uma criança que, com os olhos fechados, a respiração curta, as arrastava para os confins do mundo.

E Geneviève saía para fugir de Herlin. Ele interpretava suas falas dramáticas: "Meu dever o mais elementar... Seu orgulho..." Ela não compreendia nada destas frases porque o sono a entorpecia, mas algumas palavras que apreendia de passagem a espantavam, como "orgulho". Por que orgulho? O que isto tem a ver com o que está acontecendo aqui?

O médico se surpreendia com esta jovem mulher que não chorava, que não pronunciava nenhuma palavra inútil e que o servia como enfermeira de forma eficiente. Admirava aquela serva da vida. E para Geneviève as visitas do médico representavam os melhores momentos do dia. Não porque ele a consolasse, pois ele nada dizia. Mas porque na presença dele o corpo da criança ficava perfeitamente situado. Porque então se manifestava tudo isto que é grave, obscuro, mórbido. Que proteção nesta luta contra as trevas! E mesmo esta cirurgia da antevéspera... Herlin lamentava-se no salão. Ela ficara no quarto. O cirurgião entrou trajando um jaleco branco, como a força serena do dia. O médico residente e ele começaram um combate rápido com palavras nuas e ordens: "clorofórmio" depois "segure firme" depois "iodo", tudo dito em voz baixa e com palavras despidas de emoção. E de repente, como Bernis em seu avião, ela teve revelada uma infalível estratégia: venceremos.

– Como você consegue assistir a isso? – perguntou Herlin. – Você é uma dessas mães sem coração?

Uma manhã, diante do médico, ela deslizou suavemente na poltrona desmaiada. Quando voltou a si, ele não disse nada sobre coragem ou esperança, nem expressou qualquer traço de piedade. Apenas a olhou gravemente e disse:

– A senhora está muito cansada. Não é nada sério. Ordeno-lhe que vá passear esta tarde. Não vá ao teatro, as pessoas são muito estúpidas para compreender isso, mas faça algo parecido.

E ele pensou:
"Eis que vi o que há de mais genuíno no mundo."
O frescor das ruas a surpreendeu. Ela caminhava e sentia uma grande calma ao lembrar-se de sua infância. Árvores, prados. As coisas simples. Um dia, muito mais tarde, esta criança veio até ela e era algo de incompreensível e ao mesmo tempo ainda mais simples. Uma evidência mais forte que as outras. Ela tinha servido esta criança à superfície das coisas e entre as outras coisas vivas. E não havia palavras para descrever o que ela experimentou em seguida. Ela havia se sentido... mas sim, era isto: havia se sentido inteligente. Segura de si, ligada a tudo e sendo parte de um grande concerto. À noite, ela pediu para ser levada até a janela. As árvores viviam, cresciam, extraíam a primavera do solo: ela sentia-se igual a elas. E sua criança ao seu lado respirava fracamente e era o motor do mundo e sua fraca respiração animava o mundo.

Mas três dias depois, que confusão. O mais simples gesto – abrir a janela, fechá-la – trazia graves consequências. Não sabia mais que gesto fazer. Tocava os frascos de remédio, os lençóis, a criança, sem saber o impacto de cada gesto naquele mundo sombrio.

Ela passou em frente a um antiquário. Geneviève encarava os bibelôs da sua sala de estar como armadilhas para o sol. Tudo o que retém a luz lhe agradava, gostava de tudo que emergia à superfície bem iluminado. Ela parou para saborear num cristal um sorriso silencioso: aquele que brilha nos bons vinhos envelhecidos. Ela confundia, em sua consciência fatigada, luz, saúde, certeza de viver. Desejou para o quarto dessa criança fugidia este reflexo firme como um prego de ouro.

IV

Herlin voltava à carga.
– E você tem ânimo para se divertir, para perambular pelos antiquários! Eu nunca a perdoarei por isso. Isto é... – ele buscava as palavras – é monstruoso, é inconcebível, é indigno de uma mãe!
Ele apanhara um cigarro mecanicamente e balançava com uma das mãos um estojo vermelho. Geneviève ainda o escutava: "O respeito por si mesma!" E também pensava: "Será que ele não vai acender este cigarro?".

– Sim... – disse lentamente Herlin, que tinha guardado para o fim a grande revelação. – Sim... Enquanto a mãe se diverte, o filho vomita sangue!

Geneviève empalideceu.

Ela tentou sair do quarto, mas ele barrou a porta:

– Fique!

A respiração dele era ofegante como a de um animal. Ele a faria pagar pela angústia que suportara sozinho!

– Você me fará sofrer e depois se arrependerá – disse simplesmente Geneviève.

Mas esta advertência, direcionada à cabeça oca de Herlin, sua nulidade diante de tudo, apenas aumentou sua exaltação. E ele começou a declamar. Sim, ela sempre fora indiferente a seus esforços, coquete, leviana. Sim, ele tinha por muito tempo sido ingênuo, ele Herlin, que depositara nela toda a sua força. Sim. Mas tudo isso não significava nada: ele sofria sozinho, sempre só em sua vida... Esgotada, Geneviève tentou sair, porém ele puxou-a para perto de si e disse:

– Mas as mulheres pagam por seus erros.

E como ela ainda se esquivava, ele se impôs com um golpe de misericórdia:

– A criança está morrendo. É o dedo de Deus!

Sua cólera cessou repentinamente, como se ele acabasse de praticar um crime. Estas palavras covardes o fizeram perceber-se estúpido. Pálida, Geneviève caminhou em direção à porta. Ele intui a ideia que ela agora faz dele, mas na verdade sua intenção com tudo aquilo era transparecer nobreza. É então tomado pela ânsia de apagar aquela imagem, de reparar seu erro, de fazer entrar à força nela outra imagem, mais doce e serena.

Então ele diz, com a voz fraca, embargada:

– Perdão... Espere... Eu estava enlouquecido!

Com a mão segurando a maçaneta e posicionada de lado para ele, Geneviève parecia para Herlin um animal selvagem prestes a fugir a qualquer movimento. Ele não se move.

– Veja... Eu queria falar... É tão difícil...

Ela permanece imóvel: de que ela teria medo? Ele quase se irrita ao perceber um medo tão vão. Ele queria dizer que foi insano, cruel, injusto, que apenas ela tinha razão, mas era preciso, para isso, que ela se aproximasse, mostrasse confiança, que cedesse. Assim, ele poderia se humilhar diante dela. Assim ela compreenderia... mas então Geneviève girou a maçaneta.

Ele estica o braço e lhe segura bruscamente o punho. Ela o olha com um desprezo arrasador. Ele hesita: agora é preciso a todo custo mantê-la sob seu jugo, mostrar a ela a sua força, para então lhe dizer:

– Veja, eu abro minhas mãos.

Segurou-lhe o braço frágil, a princípio suavemente, depois com força. Ela ergueu a outra mão, prestes a desferir-lhe um tapa, mas ele segurou seu outro braço. Agora ele a machucava. Ele sentiu que a feria. Ele pensava nas crianças que apanham um filhote de gato de rua e que, para acariciá-lo à força, quase o estrangulam tentando ser carinhosas. Ele respirava profundamente: "Eu a machuquei, tudo está perdido...". Ele experimentou por alguns segundos um louco desejo de sufocar com Geneviève aquela imagem dele que ali se formava, imagem que o apavorava.

Soltou enfim as mãos com um estranho sentimento de impotência e vazio. Ela se desvencilhou sem pressa, como se nada tivesse de fato a temer, como se algo a tornasse repentinamente inatingível. Ele não existia. Ela fez uma pausa, refez lentamente seu penteado e, altiva, saiu.

À noite, quando Bernis veio vê-la, ela não lhe falou sobre o ocorrido. Não se confessa esse tipo de coisa. Mas pediu para ele relembrar memórias de sua infância em comum e de sua vida de adulto, em países distantes. Era como se ela estivesse entregando em suas mãos uma menina que precisava de alento e que podia ser consolada com figuras e imagens.

Ela apoiou a cabeça nos ombros de Bernis, e ele sentiu que Geneviève buscava, assim, por refúgio. Ela sentia o mesmo. O que nenhum dos dois sabia era que nas carícias arrisca-se muito pouco de si mesmo.

V

– Você, na minha casa a esta hora, Geneviève... Como você está pálida...

Geneviève nada disse. O pêndulo do relógio fazia um tique-taque insuportável. A luz da lâmpada já se confundia com a da aurora, mistura enjoativa que provoca calafrios. A janela a incomodava. Mas ela se esforçou:

– Eu vi a luz acesa, então entrei... – e não conseguiu dizer mais nada.
– Sim, Geneviève, eu... eu estou lendo, veja...

As brochuras na prateleira formavam manchas amarelas, brancas, vermelhas. "São pétalas", pensou Geneviève. Bernis espera. Geneviève permanece imóvel.

– Eu divagava sentado nesta poltrona, Geneviève; abri um livro, depois outro, e tive a impressão de já ter lido todos eles.

Ele tentava passar essa imagem de homem vivido para esconder sua ansiedade. Disse, então, com sua voz mais tranquila:

– Você deseja falar comigo, Geneviève?...

No seu âmago, porém, ele pensou: "É um milagre do amor."

Geneviève luta contra uma só ideia: ele não sabe... E o olha com espanto. Em voz alta, ela disse:

– Eu vim...

E passa a mão sobre seu rosto.

Os vidros das janelas ficam mais claros, e entra no quarto uma luz de aquário. "O abajur se apaga", pensa Geneviève.

Então, repentinamente aflita, ela diz:

– Jacques, Jacques, me leve embora daqui!

Bernis fica lívido e a abraça.

Geneviève fecha os olhos:

– Você vai me levar...

O tempo flui calmo sobre aquele ombro, sem lhe fazer sofrer. É quase uma alegria renunciar a tudo: abandona-se, deixa-se arrastar pela correnteza, parece que sua própria vida escoa... escoa. Ela sonha em voz alta: "Sem me fazer sofrer..."

Bernis acaricia-lhe a face. Ela se lembra de algo: "Cinco anos... cinco anos... e aconteceu." Ela pensa ainda: "Eu que tanto lhe dei..."

– Jacques!... Jacques... Meu filho está morto...

– Eu fugi de casa. Preciso de um pouco de paz. Eu ainda não entendi, eu ainda não sinto dor. Será que eu sou uma mulher sem coração? Todos choram e gostariam de me consolar. Eles ficam abalados por serem pessoas tão boas. Mas, veja você... eu ainda não tenho nenhuma lembrança.

– A você, eu posso contar tudo. A morte vem em meio a uma grande desordem: as injeções, os curativos, os telegramas. Após algumas noites sem dormir, parece que estamos sonhando. Durante as consultas, apoia-se na parede uma cabeça vazia.

– E as discussões com meu marido, que pesadelo! Hoje, um pouco mais cedo... ele tomou-me pelo punho, achei que ele fosse torcê-lo. Tudo isso por conta de uma injeção. Mas eu bem sabia... não era o momento. Logo depois, ele queria meu perdão, mas isto não era importante! Eu respondi: "Sim... sim... Deixe-me ir ver meu filho." Ele barrava a porta: "Perdoa-me, eu preciso disso!". Um verdadeiro capricho. "Deixe-me passar. Eu te perdoo." Ele: "Sim, com os lábios, não com o coração." E assim por diante, me deixando louca.

– Agora, depois de passar por algo assim, não há mais grande desespero, fica-se quase surpreso pela repentina paz, pelo silêncio. Eu pensei... eu pensei: a criança está descansando. Isso é tudo que importa. Me pareceu também que eu desembarcava de madrugada, num local muito distante, eu não sei onde, e eu não sabia mais o que fazer. Eu pensava: "Chegamos." Eu lembrei das seringas, dos remédios, e dizia para mim mesma: "Isto não tem mais sentido... nós chegamos." E eu desmaiei.

Subitamente, ela se assusta:

– Fui louca ao vir até aqui.

Ela sente que a aurora, lá longe, revela um grande desastre. Os lençóis frios e desfeitos, os guardanapos jogados sobre os móveis, uma cadeira caída no chão. É preciso se opor rapidamente à ruína das coisas. É preciso colocar logo este móvel no lugar, este vaso, este livro. É preciso esgotar-se inutilmente para recompor a posição das coisas que emparedam a vida.

VI

Seguem-se as visitas de condolências. As palavras e os gestos são cuidadosamente calculados. Fazem com que se assentem em Geneviève as frágeis lembranças que se agitam, e este silêncio é tão indiscreto... Ela permanecia ereta. Ela pronunciava sem fraquejar as palavras que todos tentavam contornar, a palavra: morte. Ela não queria que ecoassem nela as frases que tentavam lhe seduzir. Ela as encarava diretamente nos olhos para que não ousassem encará-la, mas baixava os seus...

E os outros... Aqueles que até a sala de estar caminhavam com uma calma tranquila, mas, que de lá até a sala de visitas, dão passos apressados e perdem o equilíbrio em seus abraços. Nenhuma palavra. Ela não lhes dirá mais palavra alguma. Eles reprimem seu pesar e pressionam contra seu peito uma criança enrijecida.

Seu marido agora fala em vender a casa. Ele diz: "Estas lembranças tristes nos fazem sofrer!". Ele mente. Para ele o sofrimento é quase um amigo. Mas ele se agita, ele gosta dos gestos amplos e dramáticos. Ele parte esta noite para Bruxelas. Ela deve acompanhá-lo: "Se você soubesse em que desordem está a casa..."

Todo o seu passado destroçado. Esta sala que é resultado de uma longa paciência. Estes móveis colocados aqui não pelo homem ou pelo comerciante, mas pelo tempo. Estes móveis não mobíliam a sala, e sim sua vida. Arrastam para longe da chaminé o sofá e para longe da parede o aparador. E eis que tudo sucumbe fora do passado, pela primeira vez com sua face nua.

– E você também vai partir? – Ela esboça um gesto desesperado.

Mil pactos rompidos. Era então uma criança que sustentava seus laços com o mundo, em torno de quem o mundo se sustentava? Uma criança cuja morte representa uma derrota tão grave assim para Geneviève? Ela se deixa ir:

– Eu não estou bem...

Bernis fala para ela com doçura: "Eu levarei você daqui, eu te raptarei. Você se lembra? Eu disse que um dia voltaria. Eu disse para você..." Bernis a abraça com força, a cabeça de Geneviève tomba levemente e seus olhos ficam brilhantes de lágrimas. Bernis tem em seus braços, prisioneira, nada além de uma menina que chora.

Cabo Juby...

Bernis, meu caro, é dia de correio. O avião deixou Cisneros. Em breve ele passará por aqui e levará para você algumas reprimendas. Pensei muito nas tuas cartas e na nossa princesa cativa. Passeando pela praia ontem, tão vazia, tão nua, purificada eternamente pelo mar, achei que nós somos parecidos com ela. Eu não sei bem se nós existimos. Você viu, durante certas tardes, em trágicos crepúsculos, todo o forte espanhol afundar na areia brilhante. Mas este reflexo de um azul misterioso não tem a mesma essência do forte. E é seu reinado. Não muito real, não muito seguro... Geneviève, porém, deixe-a viver.

Sim, eu sei, suas atuais tribulações. Mas os dramas são raros na vida. Há tão poucas amizades, ternuras, amores para lidar. Apesar disto que você disse de Herlin, um homem não importa muito. Eu creio... a vida baseia-se sobre outra coisa.

Estes costumes, estas convenções, estas leis, tudo isto que você não necessita, tudo isto de que você fugiu... É isto que emoldura a vida. Precisamos de realidades duradouras ao redor de nós para podermos viver. Mas, absurdo ou injusto, tudo isto são apenas palavras. E Geneviève, levada por você, será privada de Geneviève.

E, além do mais, ela sabe do que realmente precisa? E este costume mesmo da fortuna, que ela ignora. O dinheiro é que permite a conquista dos bens, a agitação exterior – e sua vida é interior. Mas a fortuna: é ela que faz as coisas durarem. É o rio invisível, subterrâneo, que alimenta por um século as paredes de uma residência, as lembranças: a alma. E você vai esvaziar sua vida como se esvazia um apartamento de mil objetos que não são mais percebidos mais que ainda assim o compõem.

Mas eu imagino que, para você, amar é nascer. Você acreditará levar uma Geneviève nova. O amor é, para você, esta cor dos olhos que tu vias às vezes nela e que será fácil de alimentar como a uma lâmpada. E é verdade que em certos momentos as palavras mais simples parecem carregadas de um poder tão grande e que é fácil nutrir o amor...

Mas viver, sem dúvida, é outra coisa.

VII

Perturba Geneviève tocar nesta cortina, nesta poltrona, como limites que descobre. Até então estas carícias eram um jogo. Até então, aquela decoração era tão leve que aparecia e desaparecia nos momentos desejados, como no teatro. Ela, que tinha tão bom gosto, nunca havia perguntado o significado daquele tapete persa, daquele quadro de Jouy. Formavam até então a imagem de um interior – e tão doce – que então ela reencontrava.

"Não é nada", pensava Geneviève, "sou ainda uma estrangeira em uma vida que não é mais a minha." Afundava-se numa poltrona e fechava os olhos. Como em uma cabine de um trem. Cada segundo que passa joga para trás casas, florestas, vilarejos. Portanto, se alguém abre os olhos de dentro do seu leito não vê nada além de um anel de cobre, sempre o mesmo. Somos transformados sem ter consciência disso. "Em oito horas eu abrirei os olhos e me sentirei nova: ele me leva."

– O que você acha de nossa residência? – Por que já trazê-la à realidade? Ela observa. Ela não sabe expressar o que sente: falta estabilidade a este cenário. Sua estrutura não é sólida...

– Aproxime-se, Jacques, você que existe...

Esta meia-luz sobre os sofás, esses tapetes de apartamentos pequenos, estes tecidos marroquinos nas paredes. Tudo isso que se tira do lugar e se coloca de volta em cinco minutos.

– Por que você esconde as paredes, Jacques? Por que você quer amortecer o contato entre os dedos e elas?

Ela gosta de acariciar a pedra com a palma da mão, acariciar o que há de mais seguro e durável na casa. O que pode te levar por muito tempo, como em um navio...

Ele mostra suas riquezas: "lembranças..." Ela compreende. Ela conheceu oficiais das tropas coloniais que levavam vidas de fantasmas em Paris. Iam parar nas ruas e surpreendiam-se por estarem entre os vivos. Suas casas se pareciam de certa forma com as casas de Saigon, de Marrakech. Ali falava-se de mulheres, de amigos, de promoções; mas estas tapeçarias, que lá talvez fossem o que dava vida às paredes, aqui pareciam mortas.

Geneviève passava seus dedos sobre finas peças de cobre.

– Você gosta dos meus bibelôs?

– Perdoe-me, Jacques... é um pouco...

Ela não ousava dizer "vulgar". Mas o gosto refinado por não ter conhecido e apreciado nada além de verdadeiros Cézanne, não cópias, móveis autênticos, não imitações, a fazia secretamente desprezá-los. Ela estava disposta a sacrificar qualquer coisa, com o coração generoso. Parecia-lhe que ela suportaria viver em uma cela caiada, mas aqui ela sentia que um pouco de si própria se comprometia. Não sua delicadeza de criança rica, mas, que pensamento estranho, sua própria integridade. Ele percebia seu constrangimento mesmo sem compreendê-lo.

– Geneviève, eu não posso oferecer tanto conforto para você, eu não sou...

– Oh, Jacques! Você está louco, o que você pensou? Para mim isso não tem importância – aconchegou-se em seus braços –, eu só prefiro em lugar de seus tapetes um assoalho simples, mas bem encerado... Eu arrumarei tudo isso para você.

Calou-se e percebeu que a simplicidade que ela desejava representava um luxo ainda maior, exigia muito mais dos objetos do que parecia à primeira vista. O salão onde ela brincava quando criança, o piso de nogueira lustrado e brilhante, mesas maciças que podiam atravessar os séculos sem sair de moda nem envelhecer... Ela sentiu uma estranha melancolia. Não o lamento por sua sorte, pelo que ela permite: ela havia sem dúvida conhecido o supérfluo melhor do que Jacques, mas ela compreendia perfeitamente que, em sua vida nova, era exatamente de supérfluo que ela seria rica. Ela não tinha necessidade disso. Mas certeza da duração, isso ela não teria mais. Pensou: "As coisas duravam mais que eu. Era recebida, acompanhada, estava segura de que um dia a velariam, e agora, eu vou durar mais que as coisas."

Ela pensa, ainda: "Quando eu ia para o campo..." Ela revia novamente aquela casa através de tílias espessas. Vinha à superfície o que havia de mais estável: o patamar de pedras grandes que se prolongava sobre a terra.

Lá... ela reflete sobre o inverno. O inverno que arranca da floresta todos os galhos secos e desnuda cada traço da casa. Pode-se ver então a própria estrutura do mundo.

Geneviève passa e assobia para os cães. Cada passo seu faz estalar as folhas, mas após a criteriosa seleção realizada pelo inverno, este potente expurgo, ela sabe que uma primavera virá preencher a trama da vida, a subir por entre os ramos, a abrir os botões das flores, fazer renascer as verdes arcadas que tem em si a profundeza e o movimento das águas.

Seu filho não desapareceu totalmente de lá. Quando ela entra na despensa para revirar os marmelos ainda imaturos, ele acabou de fugir, mas depois de ter corrido tanto, ó meu pequeno, de ter brincado tanto, não é melhor ir dormir?

Ela conhecia o sinal dos mortos e não o temia. Cada um soma seu silêncio aos silêncios da casa. Eleva-se os olhos do livro, segura-se um suspiro, saboreia-se o apelo prestes a se extinguir.

Desaparecidos? Quando, entre tantas coisas mutantes, eles são os únicos estáveis, quando sua última expressão é enfim tão real que nenhum deles poderá jamais desmenti-la! "Agora eu seguirei este homem e vou sofrer e duvidar dele". Pois nesta confusão humana de ternura e de repulsas, ela discernia as partes que a compõem.

Ela abre os olhos: Bernis sonha.

– Jacques, é preciso me proteger, eu vou partir pobre, tão pobre!

Ela sobreviverá àquela casa de Dakar, àquela multidão de Buenos Aires, num mundo onde não haverá nada além de espetáculos desnecessários e dificilmente mais reais, se Jacques não for forte o suficiente, que os de um livro... Mas Jacques inclina-se para ela e lhe fala com doçura. Ela se esforça para acreditar nesta imagem que ele apresenta, nesta ternura de divina essência. Ela busca amar a imagem do amor: ela não tem nada além desta frágil imagem para defender-se... Esta noite, ela encontrará na volúpia este ombro fraco, este débil refúgio em que esconderá seu rosto como um animal prestes a morrer.

VIII

– Para onde você me leva? Por que está me levando?

– Este hotel desagrada a você, Geneviève? Quer ir para outro?

– Sim, vamos embora... – responde receosa.

Os faróis do carro não iluminavam satisfatoriamente. Abria-se caminho penosamente pela noite como num buraco. Bernis às vezes lançava um olhar oblíquo para Geneviève: ela estava pálida.

– Você está com frio?

– Um pouco, mas não há de ser nada. Eu me esqueci de pegar meu casaco.

Parecia uma menina muito sem juízo. Ela sorriu.

Agora, chovia. "Droga!", disse Jacques a si mesmo, mas ainda acreditava que eram dessa forma que se apresentavam os acessos ao paraíso terrestre.

Nos arredores de Sens, foi preciso trocar uma das velas do carro. Ele não havia trazido a lanterna: mais um esquecimento. Tateava sob a chuva com a ferramenta inadequada. "Deveríamos ter tomado o trem". Ele repe-

tia obstinadamente para si mesmo. Tinha optado pelo carro pela imagem de liberdade que o automóvel traz: feliz liberdade! Só havia feito besteiras desde a fuga: e todos estes esquecimentos!
– Consertou?
Geneviève tinha se aproximado dele. Ela se sentia subitamente como uma prisioneira: uma árvore, duas árvores em sentinela e esta pequenina e estúpida cabana funcional. "Meu Deus, que ideia estranha... Será que ela teria de viver para sempre naquela cabana?"
Terminado o serviço, pegou na mão dela:
– Você está com febre!
Ela sorriu...
– Sim... Eu estou um pouco cansada, gostaria de dormir...
– Mas por que você desceu do carro nesta chuva?
O motor continuava falhando, com ruídos e solavancos.
– Chegaremos, meu querido Jacques? – Ela cochilava, embalada pela febre. – Nós chegaremos?
– Claro que sim, meu amor, estamos perto de Sens.
Ela suspirou. O que tentava estava além de suas forças. Tudo culpa deste motor que falhava. Cada uma das árvores, muito pesadas, vinha na direção dela. Cada uma delas. Uma após a outra. E o processo sempre recomeçava. "Não é possível", pensava Bernis, "será preciso parar de novo." Essa nova pane o apavorava. Ele temia a imobilidade da paisagem. Ela fazia eclodir certos pensamentos que ainda germinavam. Ele temia certa força que estava prestes a nascer.
– Minha pequena Geneviève, não pense nesta noite... Pense no que virá... Pense na... na Espanha. Você acha que vai gostar da Espanha?
Uma voz fraca e distante respondeu-lhe: "Sim, Jacques, eu estou contente, mas... eu tenho um pouco de medo dos bandidos." Ele a viu sorrir docemente. Esta frase deixou Bernis preocupado, esta frase que não queria dizer outra coisa senão: esta viagem à Espanha, este conto de fadas... sem fé. Um exército sem fé. Um exército sem fé não pode conquistar. "Geneviève, é esta noite, é esta chuva que abala nossa confiança...". Ele subitamente reconheceu que aquela noite parecia com uma doença sem fim. Sentia na boca o gosto dessa doença. Era uma dessas noites sem esperança de aurora. Ele lutava, falava para si mesmo: "A aurora só seria uma cura se não chovesse mais... só se...". Alguma coisa estava doente neles,

mas ele não sabia o quê. Acreditava que era a terra que estava apodrecida, que era a noite que estava doente. Ele ansiava pela aurora, assim como os condenados que dizem: "Quando o dia chegar, vou respirar" ou "Quando chegar a primavera, serei jovem..."

– Geneviève, pense em nossa casa lá...

Ele compreendeu imediatamente que jamais deveria ter dito aquilo. Nenhuma imagem se construía em Geneviève. "Sim, nossa casa..." Ela tentava pronunciar alguma palavra. Seu calor escapava, seu entusiasmo era fugidio.

Pensamentos desconhecidos formavam palavras e lhe agitavam a mente, pensamentos que lhe amedrontavam.

Como não conhecia os hotéis de Sens, Bernis parou o carro sob um poste de luz para consultar o guia. O gás do poste estava quase acabado, e a luz bruxuleante fazia balançar as sombras, fazia aparecer na parede pálida uma placa gasta e torta: "Bicicletas..." Pareceu-lhe a palavra mais triste e vulgar que jamais lera. Símbolo de uma vida medíocre. Pareceu-lhe que muitas coisas em sua vida até ali tinham sido medíocres, mas que ele jamais percebera este fato.

– Tem fósforos, burguês... – Três jovens magros o encaravam, zombando. – Estes americanos, sempre procurando o caminho... Depois, encararam Geneviève:

– Sumam daqui, esbravejou Bernis.

– A sua vagabunda aí, ela está meio acabada. Mas se você visse a nossa de vinte e nove...

Geneviève encostou-se nele um pouco assustada.

– O que eles dizem? – Eu lhe peço, vamos embora.

– Mas Geneviève...

Ele fez um esforço e calou-se. Era preciso encontrar um hotel... Estes jovens bêbados... Que importância eles têm? Pois ele pensou que ela estava com febre, que estava sofrendo, que deveria ter evitado aquele encontro. Com uma obstinação doentia, censurou-se por tê-la exposto a uma situação desagradável. Ele... O Hôtel du Globe estava fechado. Todos estes pequenos hotéis tinham, à noite, o aspecto de lojas de armarinhos. Ele bateu por muito tempo à porta até que o vigia noturno, com um passo arrastado, aproximou-se:

– Lotado.

– Eu lhe imploro, minha mulher está doente! – insistiu Bernis. A porta fechou-se e os passos desapareceram no corredor.

Tudo se unia contra eles?

– O que ele disse? – perguntou Geneviève – por que, por que ele sequer respondeu?

Bernis pensou em dizer que eles não estavam na praça Vendôme e que, uma vez de barriga cheia, esses pequenos hotéis adormeciam. Nada mais natural. Mas ele se sentou em silêncio. Seu rosto brilhava com o suor. Ele não partiu imediatamente, ficou observando uma calçada brilhante, a chuva lhe escorrendo pelo pescoço; parecia que teria de enfrentar a inércia de um mundo inteiro. De novo esta ideia estúpida: quando chegasse o dia...

Era definitivamente necessário que uma palavra reconfortante fosse pronunciada naquele instante.

Geneviève tentou:

– Isso tudo não representa nada, meu amor. É preciso batalhar por nossa felicidade. – Bernis a contemplava: – Sim, você é muito generosa. – Ele estava transtornado. Ele desejou abraçá-la, mas a chuva, o desconforto, a fadiga... Ele, no entanto, pegou sua mão e sentiu que a febre subia. A cada segundo minava este corpo. Ele se acalmava imaginando coisas. "Eu prepararei para ela um vinho quente borbulhante. Isto não há de ser nada. Um vinho fervente. Eu a enrolarei em cobertores. Daremos boas risadas nos lembrando desta viagem difícil." Experimentou uma vaga sensação de felicidade. Mas como a vida real se ajustava mal a estas abstrações... Dois outros hotéis permaneciam silenciosos. Estes sonhos. Era preciso renová-los a todo instante e cada vez eles perdiam um pouco mais da sua clareza, este fraco poder de se tornarem reais.

Geneviève estava muda. Ele percebeu que ela não mais se lamentaria nem diria mais nada. Podiam rodar por horas, dias: ela não diria nada. Nunca mais diria nada. Ele podia torcer o braço dela: ela nada diria... "Divago, sonho!"

– Geneviève, meu amor, você está passando mal?

– Não, já passou, estou melhor.

Naquele instante, ela perdia a esperança em muitas coisas. Renunciava. Por quem? Por ele. Das coisas que ele não podia lhe dar. Aquele "estou melhor" foi como uma mola que se rompeu. Estava mais submissa. Irá, assim, de "melhor" em "melhor": até que terá finalmente renunciado à felicidade. Quando estiver totalmente bem... "Ora! Mas que imbecil eu sou: eu ainda sonho."

Hôtel de l'Espérance e d'Angleterre. Preços especiais para viajantes do comércio. "Apoie-se no meu braço, Geneviève..., sim, um quarto. A senhora está doente: rápido, um vinho quente! Um vinho bem quente." Preços especiais para viajantes do comércio. Por que esta frase é tão triste? "Sente-se nesta poltrona, será melhor." Por que este vinho não chega logo? Preços especiais para os viajantes do comércio.

A velha criada se apressava:

– Aqui, minha senhora. Pobre senhora. Ela está tão trêmula, tão pálida... Eu vou aquecer a cama. Seu quarto é o quatorze, um belo quarto, grande... O senhor pode preencher o registro? – Com uma caneta suja entre os dedos, notou que seus nomes eram diferentes.

Ele pensou que submetia Geneviève aos humores dos criados.

– Por minha causa. Falta de gosto. E foi ela quem ajudou:

– Amantes – disse ela. – Não é mais carinhoso?

Pensavam em Paris, no escândalo. Viam agitarem-se diferentes semblantes. Ali alguma coisa difícil começava para eles, mas eles evitavam pronunciar as menores palavras, por medo de se encontrarem em seus pensamentos.

E Bernis compreendeu que até aquele momento nada mais tinha acontecido além de um motor falhando, algumas gotas de chuva, dez minutos perdidos à procura de um hotel. As extenuantes dificuldades que eles haviam enfrentado e que pareceram insuperáveis haviam surgido deles mesmos. Era dentro de si mesma que Geneviève se exauria, e o que fora arrancado dela estava tão ligado a si que lhe causara um grande rompimento.

Ele tomou-lhe as mãos, mas sentiu que as palavras não valiam mais nada.

Ela dormiu. Ele não pensava no amor. Mas tinha sonhos estranhos. Reminiscências. A chama da lâmpada, era preciso apressar-se para abastecê-la e também protegê-la do forte vento que soprava.

Mas, acima de tudo, essa indiferença. Ele queria vê-la ávida pelas coisas, sofrendo pelas coisas e, como uma criança, gritando para ser atendida e alimentada. Se assim fizesse, apesar de sua pobreza, teria muito a lhe oferecer. Mas apenas ajoelhou-se, o pobre, diante desta criança que não tinha fome.

IX

– Não. Nada... Deixe-me... Ah, mas já?

Bernis está em pé. Seus movimentos no sonho eram pesados como os movimentos de um rebocador. Como os gestos de um apóstolo que nos traz a luz do fundo de si mesmo. Cada um de seus passos está cheio de sentido, como os passos de um dançarino.

– Ah! Meu amor...

Ele anda de um lado para o outro: é ridículo.

A janela está marcada pela aurora. Durante a noite, era de um azul escuro. Adquiria, à luz da lâmpada, uma profundidade de safira. Durante a noite, ela se aprofundara até as estrelas. Sonhamos. Imaginamos estar na proa de um navio.

Geneviève encolhe os joelhos, sente-se com a consistência flácida de um pão encruado. O coração bate muito rápido e dói. Assim como um vagão. O barulho destes eixos dá ritmo à fuga e pulsa como um coração. Cola sua face no vidro, e a paisagem escoa: negras massas que o horizonte por fim recolhe, cerca pouco a pouco em sua paz, doce como a morte.

Ela desejava gritar a Bernis "Segure-me!". Os braços do amor nos encerram com o presente, o passado e o futuro, os braços do amor nos reúnem.

– Não. Deixe-me.

Geneviève se levanta.

X

"Esta decisão", pensou Bernis, "foi tomada à nossa revelia. Tudo aconteceu sem precisar dizer qualquer coisa." Este regresso já determinado de antemão. Não era possível pensar em prosseguir com Geneviève tão doente. Depois veremos tudo isso. Herlin está longe, a ausência foi tão breve, tudo no final se arranjará. Bernis se admirava de que tudo parecia agora tão fácil. Mas ele bem sabia que isso não era verdade. Eles é que queriam agir sem esforço.

Além disso, ele duvidava de si mesmo. Ele sabia muito bem que tinha dado asas demais à sua imaginação. Mas de qual profundeza vinham essas imagens? Pela manhã, ao despertar sob este teto baixo e fosco, repentinamente pensara: "Sua casa era um navio. Ela passava gerações de uma margem a outra. A viagem não tinha sentido algum, nem aqui nem além, mas que segurança nos dá estarmos com nossa passagem em mãos, termos nossa cabine e malas de couro amarelo. Estar a bordo...".

Ele não sabia ainda se sofria porque se deixava levar pelas circunstâncias. Sentia-se descendo uma ladeira sem freios, e o seu destino estava fora do seu controle. Quando se abandona, não se sofre. Mesmo quando se abandona até mesmo à tristeza não há mais sofrimento. Ele sofreria mais tarde confrontando algumas daquelas imagens. Ele sabia também que eles representariam facilmente esta segunda parte do papel a eles destinado porque ele era composto de pedaços deles mesmos. Ele dizia isto para si mesmo conduzindo um motor que não funcionava bem. Mas nós chegaremos. Nós seguimos descendo uma ladeira. Sempre a imagem da ladeira abaixo.

No caminho de Fontainebleau, ela teve sede. Cada detalhe da paisagem acomodava-se tranquilamente, era por eles reconhecido e proporcionava uma sensação de serenidade. Era um quadro necessário que se mostrava à luz.

Num pequeno comércio à beira da estrada, serviram-lhes leite. Não havia porque apressar-se. Ela bebia em pequenos goles. Para que apressar-se? Tudo isto que se passava vinha inevitavelmente até eles: sempre esta imagem de inevitabilidade.

Ela estava amável. Era grata a Jacques por muitas coisas. O relacionamento entre eles estava muito mais tranquilo do que na véspera. Ela sorria, apontava um pássaro que bicava o chão em frente à porta. O rosto dela pareceu novo. Onde será que ele tinha visto aquele rosto?

Aos viajantes. Aos viajantes que o destino irá, em alguns segundos, afastar da sua vida. Sobre os cais. Esta imagem já pode sorrir, viver de fervores desconhecidos.

Ele ergueu novamente os olhos. De perfil, inclinada, ela sonhava. Ele a perderia se ela virasse um pouco a cabeça.

Sem dúvida, ela sempre o amou, mas não se deveria pedir demais a uma jovem tão fraca. Ele evidentemente não podia dizer "eu lhe devolvo sua liberdade" nem qualquer outra frase assim absurda, mas falou sobre o que ele pretendia fazer, de seu futuro. E na vida que ele idealizava, ela não era sua prisioneira. Para agradecê-lo, ela colocou sua pequena mão sobre o braço de Jacques: "Você é todo... todo o meu amor." E era verdade, mas ele sabia também que essas palavras demonstravam que eles não eram feitos um para o outro.

Obstinada e doce. Tão próxima da dureza, da crueldade, da injustiça, mas sem ao menos sabê-lo. Tão próxima de defender a qualquer preço qualquer posse insondável. Tranquila e doce.

Ela não tinha sido feita, não mais, para Herlin. Ele sabia. A vida que ela queria retomar nunca tinha lhe proporcionado outra coisa senão mágoa. Por que, então, ela fazia isso? Ela parecia não sofrer.

Voltaram ao caminho. Bernis pendia um pouco para a esquerda. Ele bem sabia que também não sofria mais, mas havia sem dúvida nele um animal ferido cujas lágrimas eram inexplicáveis.

Em Paris, nenhum tumulto: quase nada havia mudado.

XI

Para que tudo isso? Ao redor dele, o burburinho inútil da cidade. Ele sabia que nunca mais sairia daquela confusão. Ele lentamente voltava a fazer parte da multidão de transeuntes anônimos. Pensava: "É como se eu não estivesse aqui." Ele partiria em breve: estava tudo bem. Ele sabia que seu trabalho o envolvia em situações tão concretas que lhe devolveria a noção de realidade. Ele também sabia que, na rotina diária, os mais triviais desafios tornam-se importantes e que a ideia de desastre moral perde então um pouco o sentido. Até mesmo as zombarias entre os funcionários das escalas dos voos guardavam sua graça. Era estranho, e ainda assim certo. Mas ele não se interessava por si próprio.

Passava em frente à catedral de Notre-Dame e resolveu entrar. Surpreso com a multidão ali presente, refugiou-se junto a uma coluna. Por que estava ali? Perguntou-se. No fim das contas, era porque os minutos ali levavam a algo. Lá fora, já não levavam a nada. Então: "Lá fora, os minutos já não levam mais a nada." Ele sentia também necessidade de reconhecer-se e entregava-se à fé como a outra disciplina do pensamento qualquer. Dizia a si mesmo: "Se eu encontrar uma fórmula que me explique, que me integre, para mim isso será verdade." Depois, acrescentou com fastio: "E nem mesmo assim eu acreditaria nela."

E subitamente, pareceu-lhe que se comportava ali ainda naquele interminável ir e vir, e que tinha desperdiçado toda sua vida tentando fugir. E o início do sermão deixou-o inquieto, soou como um sinal de partida.

– O reino dos céus... – começou o pregador. – O reino dos céus...

Ele apoiou-se no encosto largo da cátedra... inclinou-se em direção à multidão. Multidão espremida e que absorve tudo. Nutrir. As imagens vinham à sua mente com uma extraordinária nitidez. Pensava nos peixes presos em redes, e inadvertidamente acrescentou:

– Quando o pescador da Galileia... – Usava apenas palavras que entretinham um cortejo de memórias persistentes. Parecia exercer sobre a multidão uma influência lenta, aumentando aos poucos seu ardor, como as passadas de um atleta ao correr. – Se soubésseis... Se vós soubésseis quanto amor... – Interrompeu-se, um pouco ofegante: seus sentimentos eram plenos demais para poder expressá-los. Compreendeu que as menores palavras, as mais usadas, pareciam carregadas de muito sentido e que ele não tinha mais discernimento sobre quais as palavras adequadas. A luz das velas lhe conferia um aspecto de homem de cera. Endireitou-se, com as mãos apoiadas, a cabeça erguida, ereto. Quando relaxou, a multidão se agitou um pouco, como o mar.

Depois as palavras voltaram e ele falou. Falava com uma segurança espantosa. Tinha a alegria do estivador consciente de sua força física. Enquanto concluía uma frase, outras ideias se formavam para além dele mesmo, como um fardo que lhe era arremessado, e de antemão sentia vir sobre si, de forma confusa, a imagem e onde ela se posiciona, a fórmula que a influenciará aquele povo.

Bernis escutava a pregação.

– Eu sou a fonte de toda vida. Eu sou a maré que vos preenche, vos anima e se vai. Eu sou o mal que vos preenche, vos dilacera e que se vai. Eu sou o amor que vos preenche e que perdura por toda a eternidade!

– E vindes a mim opor-se a Marcos e o quarto evangelho. E vindes falar de interpolações. E vindes levantar contra mim vossa miserável lógica humana quando na verdade eu estou além disso; quando é exatamente dessa lógica que eu vos liberto!

– Ó prisioneiros, me compreendam! Eu vos liberto de vossa ciência, de vossas fórmulas, de vossas leis, desta escravidão do espírito, deste determinismo mais duro que a fatalidade. Eu sou o defeito na armadura. Eu sou a claraboia na prisão. Sou o erro no cálculo: eu sou a vida.

– Decifrastes a rota das estrelas, ó geração dos laboratórios, e não mais as conheceis. São símbolos em vossos livros, mas já não são mais luz: delas sabeis menos que uma pequena criança. Vocês descobriram até mesmo as leis que regem o amor humano, mas este amor mesmo escapa de suas representações simbólicas. Sabeis dele menos do que sabe uma jovem donzela! E, bom, vocês vêm até mim. Eu vos restituo este encanto da luz, eu trago de volta a luz do amor. Eu não vos subjugo: eu salvo. Eu vos liberto do homem que fez o primeiro cálculo da queda de um fruto e vos confinou nesta escravidão. Minha morada é a única escapatória: o que seria de vós fora da minha morada?

– O que seria de vós fora da minha morada, fora deste navio onde o escoar das horas ganha seu sentido pleno, como escoa o mar pela proa luzidia. O fluir do mar que não faz barulho mas sustenta as ilhas. O fluir do mar.

– Venham a mim, vocês, para quem a ação, que a nada conduz, foi amarga...

Ele abriu os braços:

– Pois eu sou o que acolhe. Eu suportei os pecados do mundo. Carreguei sua maldade. Eu carreguei suas angústias de animais que perdem suas crias e suas doenças incuráveis, e vos aliviei. Mas sua maldade, ó meu povo de hoje, é uma miséria maior e mais irremediável e, ainda assim, eu a carregarei como as outras. Eu carregarei os grilhões mais pesados do espírito. "Eu sou aquele que carrega os fardos do mundo."

O pregador pareceu a Bernis desesperançado porque ele não gritava para obter uma evidência. Porque ele não afirmava uma evidência. Porque ele respondia a si mesmo.

– Vós sereis como as crianças que brincam. "Vinde a mim e eu darei sentido a seus esforços vãos de cada dia, que vos exaurem, eles edificar-se--ão em vossos corações, eu farei deles algo de humano."

A palavra penetra na multidão. Bernis já não compreende a palavra, mas alguma coisa que está nela e que retorna como um argumento.

– ... eu farei deles algo de humano.

Ele inquieta-se.

– Vinde a mim, amantes de hoje. Eu farei dos seus amores, secos, cruéis e desesperados, algo de humano.

"Vinde a mim, farei algo de humano da sua precipitação para a carne, de seu triste retorno..."

Bernis sente sua tristeza aumentar.

– ... pois eu sou aquele que se maravilha com o homem.

Bernis está sem rumo.
– Eu sou o único que pode devolver o homem a si próprio.
O padre calou-se. Fatigado, voltou-se para o altar. Ele adora este Deus que acabou de instituir. E sente-se humilde como se tivesse dado tudo de si, como se a fatiga de seu corpo fosse um dom. Sem sabê-lo, identificou-se com o Cristo. Ainda voltado para o altar, retoma a palavra. Fala com uma aflitiva lentidão:
– Meu pai, dei minha vida porque acreditei neles...
E inclinou-se uma última vez em direção à multidão:
– Pois eu o amo...
Então, estremeceu.
O silêncio chegou como uma dádiva para Bernis.
– Em nome do Pai...
Bernis pensou: "Que desesperança! Onde está o ato de fé? Eu não escutei um ato de fé, mas um grito completamente desesperançado."
Ele saiu. Em breve os lampiões seriam acesos. Bernis caminhava ao longo das margens do Sena. As árvores permaneciam imóveis, seus galhos em desordem presos na seiva do crepúsculo. Bernis caminhava. Uma calma apoderou-se dele, fruto da trégua concedida ao dia, mas que alguém poderia creditar à solução de um problema.

De toda forma, este crepúsculo... Pano de fundo muito teatral que já serviu para as ruínas do império, para as noites de derrota e para o desfecho de amores frágeis, que servirá amanhã para outras comédias. Pano de fundo que inquieta se a noite é calma, se a vida se arrasta, porque não se sabe qual drama é encenado. Ah! Qualquer coisa para salvá-lo de uma inquietude assim tão humana...

Os lampiões, todos ao mesmo tempo, se acenderam.

XII

Táxis. Ônibus. Uma inominável agitação, onde seria tão bom perder-se, não é mesmo, Bernis? Um imbecil plantado no asfalto. – Vamos, saia da frente! – Mulheres que cruzam seu caminho apenas uma vez na vida: a única chance. Lá adiante, Montmartre, uma luz mais crua. Agora agarram-se as prostitutas – Por Deus! Saia daqui! – Mais adiante outras mulheres. Carros luxuosos, como belos estojos de joias, que dão às mulheres, mesmo às sem beleza, uma carne preciosa. Uma fortuna em pérolas sobre seus ventres, e quantos anéis! A carne de um corpo luxuoso. Mais uma prostituta aflita: – Deixe-me. Você! Eu te conheço, imbecil, saia daqui. Deixe-me passar, eu quero viver!

*****

Aquela mulher jantava diante dele, trajando um vestido de gala, aberto em triângulo sobre as costas nuas. Ele não via outra coisa além da nuca, os ombros, o dorso poderoso por onde corriam rápidos espasmos de carne. Esta matéria sempre recomposta, impalpável. Como a mulher fumava um cigarro e, apoiando-o no punho, curvou a cabeça, ele só via um vasto deserto.

"Um paredão", pensou.

As dançarinas começaram seu espetáculo. Seus passos eram elásticos e a alma do balé emprestava-lhes outra alma. Bernis amava este ritmo que as mantinha em equilíbrio. Um equilíbrio tão ameaçado, mas que elas sempre reencontravam com uma segurança impressionante. Perturbavam os sentidos ao sempre desfazerem a imagem que estava prestes a estabelecer-se e, no limiar do repouso, da morte, reestabeleciam novamente os movimentos. Era a expressão mesma do desejo.

Diante dele, estas costas misteriosas, lisas como a superfície de um lago. Mas um gesto esboçado, um pensamento ou um arrepio propagaram nele uma grande ondulação de obscuridade. Bernis pensava: "Eu preciso de tudo que se move lá embaixo, do mistério."

As dançarinas agradeciam, após terem desenhado e depois apagado alguns enigmas sobre a areia. Bernis fez um sinal à mais habilidosa:

– Você dança bem.

Ele adivinhava o peso de sua carne, como a polpa de uma fruta, e era para ele como uma revelação perceber que ela tinha peso. Uma riqueza. Ele sentou-se. Tinha um olhar penetrante e algo de bizarro na sua nuca nua, que era a articulação menos flexível daquele corpo. Seus traços não traziam delicadeza alguma, mas todo o corpo indicava e difundia uma grande paz.

Depois, Bernis notou seus cabelos colados pelo suor. Uma ruga marcada sob a maquiagem. Um enfeite desgastado. Retirada da dança, seu elemento, ela parecia derrotada e inábil.

– No que você está pensando? – ela fez um gesto desajeitado.

Toda a agitação noturna ganhava um sentido. Agitação dos criados, dos motoristas de táxis, do maitre. Eles faziam seu trabalho que é, no fim das contas, empurrar para ele a champanhe e essa mulher cansada. Bernis então observava a vida pelos bastidores, onde tudo é profissão. Onde não há vida, virtude, nem emoção confusa, mas apenas um labor tão rotineiro, tão neutro dos homens que trabalham em equipe. Até mesmo a dança, que reunia gestos para compor uma linguagem, só falava aos estranhos àquele meio. Só o elemento de fora descobria aqui uma construção, mas que eles e elas já a haviam esquecido há muito tempo. Assim como o músico, que quando toca pela milésima vez a mesma ária, esta perde seu sentido. Elas executavam aqui os passos, as expressões, sob a luz dos refletores, mas Deus sabe à custa de quais dificuldades. E uma ali estava preocupada somente com sua perna que doía, aquela outra pensava num encontro – oh! Tão miserável! – depois da apresentação. E aquela que pensava: "Eu devo cem francos…" E ainda outra talvez lamentando-se: "Não estou me sentindo bem."

Já se desfizera nele todo o entusiasmo. Dizia para si mesmo: "Você não pode me dar nada do que eu desejo." E, ainda assim, sua solidão era tão cruel que teve necessidade dela.

XIII

Ela tem medo deste homem silencioso. Quando ela acorda no meio da noite, ao lado dele, que jaz adormecido, tem a sensação de ter sido esquecida numa praia deserta.

– Aperte-me em seus braços!

Experimenta, porém, arroubos de ternura... mas esta vida desconhecida encerrada neste corpo, estes sonhos desconhecidos que habitam o interior dos duros ossos da fronte! Deitada sobre este peito, sente a respiração de homem subir e descer como uma onda e como a angústia de uma travessia. Se, com o ouvido junto ao corpo, escuta o som vigoroso do coração, este motor em marcha ou a marreta de um demolidor, tem a sensação de uma fuga rápida, imprecisa. E este silêncio, quando pronuncia uma palavra que o desperta. Ela conta os segundos entre a palavra e a resposta, como entre os trovões em uma tempestade – um... dois... três... – Ele está para além dos campos. Se ele fecha os olhos, pega sua cabeça com as duas mãos, como a de um morto, pesada como um paralelepípedo. "Meu amante, que imensa dor..."

Misterioso companheiro de viagem.

Deitados um ao lado do outro, mudos. Sentem a vida que os atravessa como um rio. Uma fuga vertiginosa. O corpo: esta embarcação lançada...

– Que horas são?

Faz-se um intervalo: estranha viagem. "Ó, meu amor!" Ela se aconchega nele, a cabeça caída, os cabelos desarrumados, como se estivesse no mar. A mulher emerge do sono ou do amor, esta mecha de cabelo colado no rosto, o semblante abatido, retirada dos mares.

– Que horas são?

Ah, para quê? Estas horas passam como pequenas estações provincianas – meia-noite, uma hora, duas horas – abandonadas no passado, perdidas. Alguma coisa foge entre os dedos, algo que não se sabe como reter. Envelhecer, isso não é nada.

– Eu imagino você muito bem, os cabelos brancos, e eu como uma sábia amiga sua...

Envelhecer, isso não é nada.

Mas este instante desperdiçado, essa calma diferente, ainda um pouco mais longa, é isto que cansa.

– Me fala do seu país?

– Lá...

Bernis sabe que é impossível. Cidades, mares, pátrias: todos os mesmos. Por vezes, uma aparência efêmera que se decifra sem compreender, que não se pode traduzir.

Ele toca o flanco desta mulher, ali onde a carne é indefesa. Mulher: a mais nua das carnes vivas e a que brilha do modo mais suave. Ele pensa nesta vida misteriosa que a anima, que a aquece como um sol, como um clima interno. Bernis não a considera terna nem bela, mas sim tépida. Tépida como um animal. Viva. E seu coração que bate o tempo todo, fonte diferente da sua e encerrada naquele outro corpo.

Pensa na volúpia que, por alguns segundos, bateu asas: este pássaro louco que bate as asas e morre. E agora...

Agora, na janela, o céu treme. Após o amor, a mulher sente-se dizimada e despojada do desejo do homem. Desprezada entre as estrelas frias. As paisagens do coração mudam tão rapidamente... Transposto o desejo, passada a ternura, atravessado o rio de fogo. Agora puro, distante, desprendido do seu corpo, navegando à proa de um navio, em alto-mar.

XIV

Esta sala organizada parece um cais. Em Paris, Bernis sofre nas horas desertas enquanto espera a partida do trem. Com o rosto colado ao vidro, observa a multidão que passa, separado dela por este rio. Cada homem tem um projeto, se apressa. Intrigas são tramadas e desfeitas, indiferentes a ele. Aquela mulher passa, dá apenas dez passos e some no tempo. Esta multidão era a substância viva que o nutria de lágrimas e de risos, mas agora está aqui, como uma multidão de civilizações mortas.

TERCEIRA PARTE

I

A Europa e a África preparavam-se quase ao mesmo tempo para a noite, resolvendo aqui e ali as últimas tempestades do dia. A tempestade de Granada dissipou-se, a de Málaga se resolveu em chuva. Em alguns cantos, os temporais agarravam-se aos galhos das árvores como a cabeleiras.

Depois de despachado seu correio, Toulouse, Barcelona e Alicante organizaram seu material, guardaram os aviões, fecharam os hangares. Málaga, que o esperava durante o dia, não havia previsto a utilização dos holofotes. Aliás, ele não aterrissaria mais. Certamente continuaria, voando muito baixo em direção a Tânger. Seria preciso, mais uma vez, atravessar o estreito a vinte metros, sem ver a costa da África, usando a bússola. Um vento oeste, possante, rasgava o mar. As ondas subjugadas faziam-se brancas. Os navios ancorados, com a proa ao vento, trabalhavam a todo vapor, como se estivessem em mar aberto. A leste, o rochedo inglês cavava um sulco no local onde a chuva caía torrencialmente. A oeste, as nuvens haviam se elevado um pouco. Do outro lado do mar, Tânger esfumava-se em uma chuva tão pesada que parecia destruir a cidade. No horizonte, muitas nuvens. O céu estava limpo, no entanto, na direção de Larache.

Casablanca respirava a céu aberto. Veleiros pontilhavam o mar e marcavam o porto, como depois de uma batalha. Na superfície do mar, onde a tempestade havia atuado, não havia nada além de longas ondulações regulares que se desdobravam em leque. Os campos emanavam um verde mais vivo, profundo como a água, sob o sol poente. Por aqui e por ali, a cidade brilhava nos lugares ainda encharcados pela chuva. No barracão do grupo eletrogêneo, os eletricistas, ociosos, esperavam. Aqueles de Agadir jantavam na cidade, pois tinham pela frente mais quatro horas de intervalo. Os de Port Étienne, Saint-Louis e Dakar podiam dormir.

Às oito horas da noite, a central telegráfica de Málaga comunicou:

Correio passou sem aterrissar.

E Casablanca testou os holofotes. As luzes de sinalização recortaram um pedaço da noite em vermelho, um retângulo negro. Faltava uma lâmpada aqui e ali, como um dente. Um segundo interruptor lançou então os refletores. Eles atravessavam o campo como uma poça de leite. Faltava o protagonista do espetáculo.

Deslocou-se um refletor. O feixe invisível atingiu uma árvore molhada, que brilhou como um cristal. Depois uma barraca branca, que ganha uma enorme importância, desaparecendo a seguir em meio às sombras. Por fim, o facho de luz desce, encontra seu lugar e faz ressurgir o leito branco onde o avião fará seu pouso.

– Bom – disse o chefe – apaguem-no.

Ele sobe até o escritório, verifica os últimos documentos e observa o telefone, a alma ausente. Rabat chamaria logo. Tudo estava pronto. Os mecânicos sentavam-se sobre latões e caixas.

Agadir não compreendia o que ocorria. De acordo com os cálculos, o correio já havia deixado Casablanca. Era esperado a qualquer momento. A Estrela d'Alva fora confundida cerca de dez vezes com a luz de bordo do avião, e o mesmo acontecera com a Estrela Polar, que nascia exatamente no norte. Para acender os refletores, esperavam contar uma estrela a mais no céu, esperavam vê-la errar sem achar um lugar fixo entre as constelações.

O chefe do campo de pouso estava hesitante. Daria o sinal de partida? Ele temia o nevoeiro ao sul, que talvez alcançasse Oued Noun, talvez até mesmo Juby, que permanecia muda apesar dos apelos da central telegráfica. Não se podia lançar o "França-América" de noite, naquele cenário adverso! Para ele, este ponto do Saara preservava um mistério.

Em Juby, no entanto, isolados do resto do mundo, lançávamos sinais de angústia, como um navio:

"Comunicar notícias correio, comunicar..."

Não respondíamos mais a Cisneros, que nos importunava com as mesmas perguntas. Assim, a mil quilômetros distantes uns dos outros, disparávamos vãos lamentos pela noite.

Às 20h50 tudo se acalmou. Casablanca e Agadir conseguiram comunicar-se por telefone. Nossos rádios finalmente se conectaram. Casablanca falava, e cada uma de suas palavras se repetia até Dakar:

"Correio partirá às 22h para Agadir.
De Agadir para Juby: Correio estará Agadir meia-noite e meia pt. Poderemos continuar?
De Juby para Agadir: Nevoeiro. Esperar dia.
De Juby para Cisneros, Port Étienne, Dakar: Correio passará noite Agadir."

O piloto anotava as folhas da rota até Casablanca e piscava os olhos sob a lâmpada. Em breve não conseguirá ver mais nada. Bernis devia às vezes sentir-se afortunado por ter a lhe guiar a branca ruína das ondas, a orla da terra e do mar. Agora, neste escritório, sua vista nutria-se apenas de caixas, de papel branco, de móveis densos. Era um mundo compacto e generoso de sua própria matéria. Pela fresta da porta, porém, havia um mundo esvaziado pela noite.

Ele estava vermelho por causa do vento que lhe castigara a face por dez horas. Gotas de água escorriam de seus cabelos. Ele saía para a noite como um limpador de esgotos sai do subterrâneo, com as botas sujas, a roupa de couro e os cabelos colados à pele, a determinação a brilhar em seus olhos. Interrompeu-se:

– E... você tem a intenção de me fazer prosseguir?

O chefe do campo de pouso repassava as folhas com um ar zangado:

– Você vai fazer o que lhe for ordenado.

Ele já sabia que não exigiria a partida, e o piloto, por sua vez, sabia que pedira para partir. Mas cada um queria provar a si próprio que seria o único juiz:

– Tranque-me com os olhos vendados em um armário com uma alavanca de comando e mande-me transportar o móvel até Agadir: é isto que está me pedindo.

Ele estava interiormente muito agitado para pensar um segundo que fosse em um acidente: estas ideias só ocorrem a corações vazios; mas a imagem do armário o encantava. Há coisas impossíveis..., mas que ele realizaria de qualquer forma.

O chefe do campo entreabriu a porta para lançar seu cigarro à noite.

– Olhe! Pode-se vê-las...

– O quê?

– As estrelas.

O piloto irritou-se com aquilo:

– Grande coisa suas estrelas: nós só vemos três. Não é para a Marte que você quer me mandar, é para Agadir.

– A lua nascerá dentro de uma hora.

– A lua... a lua...

Esta lua lhe aborrecia ainda mais: precisava dela para voar à noite? Seria ele ainda um aprendiz?

– Bom. Entendido. Pois bem, fique!

O piloto acalmou-se, desembrulhou os sanduíches preparados na véspera e os mastigou com calma. Partiria em vinte minutos. O chefe do campo de pouso sorria. Tamborilava sobre o telefone, sabendo que em breve autorizaria aquela decolagem.

Agora que tudo estava pronto, havia um tempo livre. Desse modo, por vezes, o tempo para. O piloto ficou parado, inclinado na cadeira, as mãos negras de graxa entre os joelhos. Seus olhos fixavam um ponto entre ele e a parede. Sentado de lado, com a boca entreaberta, o chefe do campo parecia esperar por um sinal secreto. A datilógrafa cochilou com o queixo apoiado no braço, e sentia o sono dominá-la de forma incontrolável. A areia de uma ampulheta certamente vertia. Então, um grito distante foi o impulso que pôs em marcha o mecanismo. O chefe do campo de pouso levantou um dedo. O piloto sorriu, corrigiu a postura, encheu o peito com ares novos.

– Ah, adeus.

Assim, às vezes, um filme se rompe. A imobilidade envolve, cada segundo mais forte, como uma síncope, depois a vida segue novamente seu rumo.

E agora ele teve a impressão não de decolar, mas de entrar em uma gruta úmida e fria, castigada pelo retumbar de seu motor como pelo mar. Poucas coisas eram capazes de sustentá-lo. Durante o dia, o pico arredondado de uma colina, a linha de um golfo e o céu azul formavam um mundo real do qual ele fazia parte. Mas ele se encontrava fora de tudo, em um mundo em formação, onde os elementos ainda estavam misturados. A planície se estendia, arrastando atrás de si as últimas cidades, Mazagan, Safi, Mogador, que a iluminavam lá em baixo como claraboias. Depois, as últimas fazendas luziam, os últimos sinais vindos da Terra. De repente, ele ficou cego.

"Bom... Eis que volto à escuridão."

Atento ao indicador de inclinação, ao altímetro, ele desceu para se escapar das nuvens. O pálido sinal avermelhado de uma lâmpada o incomodava: apagou-a.

"Bom... da nuvem eu escapei, mas ainda não consigo ver nada."

Entre duas águas, como icebergs à deriva, invisíveis, silenciosos, passavam os primeiros picos do pequeno Atlas: ele pressentia-os atrás de si.

"Isso vai mal."

Virou-se. Um mecânico, único passageiro, lia um livro iluminando-o com uma lanterna colocada sobre seus joelhos. Apenas sua cabeça inclinada emergia da carlinga, com ombros caídos. Aquela cabeça lhe pareceu estranha, iluminada por baixo. Ele gritou "Ei!", mas sua voz se perdeu. Bateu com a mão na lataria do avião: o homem que emergia da luz da lanterna continuava a ler. Quando ele virou a página, seu semblante parecia arruinado. "Ô!" Bernis chamou mais uma vez: tão próximo, este homem estava inacessível. Desistiu de comunicar-se e virou-se novamente para frente.

"Eu devo estar próximo do Cabo de Gué, mas... minha nossa... isto vai mal."

Ele refletiu:

"Devo estar em pleno mar."

Corrigiu sua rota com o auxílio da bússola. Sentia-se estranhamente empurrado para o lado, para a direita, como uma égua assustada, como se realmente as montanhas, à sua esquerda, pesassem sobre ele.

"Deve estar chovendo."

Estendeu sua mão e sentiu nelas flechadas das gotas-d'água. "Retornarei à costa em vinte minutos, ali será plano e menos perigoso..."

Mas de repente tudo se aclarou! O céu varrido de suas nuvens, todas as estrelas lavadas, novas. A lua... Ah, a lua! A melhor lâmpada que há! As luzes do campo de pouso de Agadir brilharam três vezes, como um painel luminoso.

"Pouco me importam suas luzes! Eu tenho a lua...!"

II

A cortina do dia subia em Cabo Juby, e a cena me parecia vazia. Um cenário sem sombra, sem segundo plano. Esta duna sempre no mesmo lugar, este forte espanhol, este deserto. Faltava aquele leve movimento que faz a graça das pradarias e do mar, mesmo nos dias mais tranquilos. Os nômades em lentas caravanas viam moverem-se os grãos de areia e montavam suas tendas ao anoitecer, num cenário virgem. Eu poderia sentir esta imensidão do deserto no mais sutil movimento, mas esta paisagem imutável limitava o pensamento como o faz uma fotografia.

A este poço correspondia outro, trezentos quilômetros adiante. O mesmo poço, aparentemente mesma areia e as sinuosidades do solo dispostas da mesma forma. Mas, lá adiante, era o tecido das coisas que era novo. Renovada a cada instante, a mesma espuma do mar. No segundo poço eu sentiria minha solidão, e no poço seguinte seria onde a cisão se tornaria realmente misteriosa.

O dia ecoava ermo, sem ocorrências dignas de nota. Era o movimento solar dos astrônomos. Era, por algumas horas, o ventre da terra sob o sol. Aqui as palavras perdiam aos poucos o aval que lhes garantia nossa humanidade. Elas não encerravam nada além de areia. As palavras mais poderosas, como "ternura", "amor", não deixavam nenhum lastro em nossos corações.

"Tendo partido de Agadir às cinco horas, você já deveria ter aterrissado."

– Tendo partido às cinco horas de Agadir, ele já deveria ter aterrissado.
– Sim, meu velho, sim... mas há este vento sudeste.

O céu está amarelo. Em algumas horas o vento desmanchará um deserto modelado, durante meses, pelo vento norte. Dias de desordem: as dunas, tomadas de viés, desmancham suas areias em longas mechas, e cada uma se desmorona para refazer-se um pouco mais adiante.

Escuta-se algo. Não. É o mar.

Um correio em rota não é nada. Entre Agadir e Cabo Juby, sobre esta dissidência inexplorada, está um companheiro que não se encontra em parte alguma. A qualquer momento surgirá em nosso céu um sinal imóvel.

"Partindo às cinco horas de Agadir..."

Pensa-se vagamente no drama. Um correio em pane não é nada mais que uma espera que se prolonga, uma discussão que perde um pouco o controle, que degenera. Depois, o tempo que se torna longo demais e que é mal preenchido por pequenos gestos, pelas palavras sem continuidade...

E, de repente, um soco sobre a mesa. Um "Meu Deus! Dez horas!" que agita os homens: é um companheiro capturado pelos mouros.

O operador do rádio consegue contato com Las Palmas. O diesel sopra ruidosamente. O alternador ronca como uma turbina. Ele mantém os olhos fixos no amperímetro, que indica cada uma das descargas elétricas.

Eu espero em pé. O homem sentado de lado me estende sua mão esquerda e a mão direita segue operando o equipamento. Então grita para mim:

– Quê?

Nada digo. Vinte segundos se passam. Ele grita mais uma vez, eu não entendo nada e faço um gesto "Ah, sim?" Ao redor de mim tudo se ilumina, as janelas entreabertas filtram raios de sol. As bielas do aparelho descarregam relâmpagos úmidos, agitando esta luz filtrada.

O operador finalmente se vira completamente para mim, tira seu capacete. O motor espirra e para. Eu escuto as últimas palavras: surpreendido pelo súbito silêncio, ele grita para mim, como se estivéssemos a cem metros um do outro:

– Estão pouco ligando para a gente!

– Quem?

– Eles.

– Ah, é? Poderia comunicar-se com Agadir?

– Não é hora de tentar de novo.

– Mas tente mesmo assim.

Rabisco no bloco de notas:
Correio não chegou. Foi uma falsa partida? pt. Confirmar hora decolagem.

– Passe isso a eles.
– Tudo bem. Vou tentar.
E o tumulto recomeça.
– Então?
– ... *péra.*
Eu estou distraído, eu sonho: ele desejou dizer "espera." Quem pilota o correio? Não seria você, Jacques Bernis, você que está assim solto no espaço, fora do tempo?

O operador faz calar o grupo, move um plugue, recoloca seu capacete. Tamborila a mesa com seu lápis, confere as horas e boceja.
– Em pane? Por quê?
– E como você quer que eu saiba?
– É verdade. Ah... nada. Agadir não nos escutou.
– Você tenta de novo?
– Tento.
O motor se move uma vez mais.

Agadir continua muda. Agora aguardamos sua voz. Se conversarem com outro posto, entraremos na conversa.

Eu me sento. Sem nada para ocupar o tempo, pego um fone de ouvido e escuto um tumulto parecido com o de um viveiro de pássaros.

Trinados longos, breves, trinados muito rápidos. Tenho dificuldade para decifrar esta linguagem, mas quantas vozes reveladas em um céu que eu acreditava deserto.

Três postos falam. Um se cala, outro transmite.
– Pronto? Bordeaux fala no automático.

Trinado agudo, apressado, longínquo. Uma voz mais grave, mais lenta:
– E agora?
– Dakar.

Um timbre aflito. A voz se cala, retoma, se cala novamente e recomeça:
– ... Barcelona que chama Londres e Londres que não responde.

Sainte-Assise, em algum lugar, muito longínquo, conta alguma coisa em voz baixa.

Que encontro no Saara! Toda a Europa reunida, capitais com vozes de pássaros que trocam confidências.

Ouve-se um murmúrio próximo. O interruptor mergulha as vozes no silêncio.

– Era Agadir?
– Agadir.

O operador continua tentando e mantém, ignoro porque razão, os olhos sempre fixos no pêndulo.

– Atendeu?
– Não. Mas fala com Casablanca, vamos saber.

Captamos clandestinamente os segredos dos anjos. O lápis hesita, desanima, crava uma letra, depois duas, depois dez, rapidamente. Palavras se formam e parecem eclodir.

Nota para Casablanca...

Idiota! Tenerife interrompe Agadir! Sua enorme voz preenche os fones de ouvido e interrompe-se subitamente.

... aterrissou seis e meia. Decolou às...

Tenerife, a intrusa, ainda nos atrapalha.

Mas imagino o resto. Às seis e trinta o correio retornou a Agadir.

– E teve de decolar somente às sete horas... Não está atrasado.
– Obrigado!

III

Jacques Bernis, desta vez, antes de sua chegada, eu revelarei quem você é. Você, que os rádios situam desde ontem com exata precisão, que passará aqui os vinte minutos regulamentares, para quem abrirei um vidro de conservas e uma garrafa de vinho, que não nos falará nem do amor nem da morte, de nenhum dos verdadeiros problemas, mas sim da direção do vento, das condições de voo, do seu motor. Você que rirá do comentário espirituoso de um mecânico, queixar-se-á do calor, você que se parecerá com qualquer um de nós...

Eu direi qual viagem você realizará. Como você transforma as aparências, porque os passos que você dá ao nosso lado não são os mesmos.

Saímos da mesma infância, e eis que subitamente surge na minha memória este velho muro em ruínas tomado pela vegetação. Éramos crianças terríveis: "Do que você tem medo? Empurre a porta..." Um velho muro em ruínas tomado pela vegetação. Seco, rachado, marcado pelo sol, marcado por aquilo que é evidente. Lagartos rastejavam entre as folhas, e nós os chamávamos de serpentes, já amando ali a imagem desta fuga que é a morte. Do lado de cá do muro, cada pedra era quente, posta como um ovo, arredondada como um ovo. Cada torrão de terra, cada broto era despido pelo sol de todo mistério. Do lado de cá do muro, reinava o verão do campo em toda sua riqueza e plenitude. Víamos um campanário, escutávamos uma debulhadora. O azul do céu preenchia todos os vazios. Os camponeses colhiam o trigo, o padre cuidava do seu vinhedo, os pais, no salão, jogavam bridge. Aqueles que já tinham vivido sessenta anos neste pedaço de chão, do nascimento à morte sob este sol, entre este trigo, nesta morada, nós chamávamos estas gerações presentes "a equipe de guarda". E isso porque gostávamos de nos descobrir sobre a ilhota mais ameaçada, entre dois oceanos assustadores, entre o passado e o futuro.

"Vire a chave..."

Era proibido às crianças abrir aquela portinha verde, de um verde desbotado como o de um barco velho, de tocar nesta fechadura enorme, enferrujada pelo tempo como uma velha âncora no mar.

Sem dúvida, temiam por nós por causa daquela cisterna a céu aberto, o horror de uma criança afogada no charco. Atrás da porta repousava uma água que supúnhamos imóvel havia mil anos, na qual pensávamos toda vez que ouvíamos falar das águas mortas. Minúsculas folhas redondas a revestiam com um tecido verde: jogávamos pedras que faziam buracos.

Que frescor sobre estes galhos tão velhos, tão pesados que pareciam suportar o peso do sol. Nunca um raio havia amarelado a relva tenra do aterro nem tocado seu precioso estofo. A pedra que havíamos lançado começara seu curso como astro, pois, para nós, esta água não tinha fundo.

"Vamos sentar..." Nenhum barulho nos alcançava. Gozávamos do frescor, do odor, da umidade que renovava nossa carne. Estávamos perdidos nos confins do mundo, pois já sabíamos então que viajar representava uma profunda transformação.

"Aqui as coisas acontecem ao contrário..."
O inverso deste verão tão seguro de si, deste campo, destas visões que nos mantinham prisioneiros. E odiávamos este mundo que nos fora imposto. Na hora do jantar, voltávamos para casa, pesados de segredos, como os mergulhadores das Índias com suas pérolas. No instante em que o sol se inclina, em que a toalha de mesa era rosada, ouvíamos as palavras que nos incomodavam:

"Os dias prolongam-se..."
Sentíamos-nos sufocados por aquele velho refrão, por esta vida feita de estações, de férias, de casamentos e de mortes. Por todo este tumulto fútil da superfície.

Fugir, eis o que importava. Aos dez anos, encontrávamos refúgio no sótão. Pássaros mortos, velhas malas esfarrapadas, roupas extraordinárias: um pouco dos bastidores da vida. E este tesouro que nós acreditávamos escondido, este tesouro das velhas moradas, descrito com exatidão nos contos de fadas: safiras, opalas, diamantes. Este tesouro de brilho frágil, que era a razão de ser de cada parede, de cada viga. Estas vigas enormes que protegiam a casa sabe Deus de quê. Do tempo. Pois o grande inimigo estava dentro da nossa casa. Protegíamos-nos dele pela tradição. O culto ao passado. As vigas enormes. Mas só nós sabíamos que esta casa fora lançada à água como um navio. Só nós, que visitamos seus porões, que conhecíamos detalhes do seu casco, só nós sabíamos por onde ela fazia água. Conhecíamos os buracos do telhado por onde os pássaros deslizavam para morrer. Conhecíamos cada fenda de sua estrutura. Lá embaixo, nas salas, os convidados proseavam, as mulheres dançavam. Que falsa segurança! Serviam-se, sem dúvida, licores. Criados negros, luvas brancas. Ó passageiros! E nós, lá no alto, olhávamos filtrar a noite azul pelas frestas do telhado. Aquele minúsculo buraco: uma única estrela nos tocava, decantada por nós a partir de um céu inteiro. E era a estrela que acreditávamos trazer a doença. Desviávamos: era aquela que poderia matar.

Nós nos sobressaltávamos. Que trabalho obscuro, o das coisas. Vigas rebentadas pelo tesouro. A cada estalo, sondávamos a madeira. Nada além de uma vagem prestes a liberar a sua semente. Velha crosta das coisas sob a qual outra coisa se escondia, não duvidávamos. Talvez aquela estrela, aquele pequeno diamante duro. Um dia nós iríamos em direção ao norte ou ao sul, ou até em nós mesmos, à sua procura. Fugir.

A estrela que faz dormir dava a volta na ardósia que a escondia, nítida como um sinal. E descíamos para nosso quarto, levando para a grande viagem dos sonhos este conhecimento de um mundo onde a pedra misteriosa flui indefinidamente entre as águas, como estes tentáculos de luz que mergulham mil anos no espaço para nos alcançar; onde a casa que estala ao vento está ameaçada como um navio, onde as coisas, uma a uma, eclodem, sob o misterioso peso do tesouro.

– Sente-se aí. Eu achei que você estava com problemas mecânicos. Beba. Achei que você tinha sofrido uma pane e estava prestes a partir para procurá-lo. O avião já está na pista: veja. Os Aït-Toussa atacaram os Izarguïn. Achei que você tivesse caído no meio dessa confusão e temi por você. Beba. O que você quer comer?

– Deixe-me partir.

– Você tem cinco minutos. Olhe para mim. O que se passou com Geneviève? Por que você sorri?

– Ah, nada. Agora há pouco, na carlinga, eu me lembrei de uma antiga canção. Eu de repente me senti tão jovem...

– E Geneviève?

– Nada mais sei. Deixe-me partir.

– Jacques... Responda-me... Você voltou a vê-la?

– Sim... – ele hesitava. – Quando retornava para Toulouse, fiz a volta para vê-la mais uma vez...

E Jacques Bernis contou-me sua aventura.

IV

Não era uma pequena estação provinciana, mas sim um portal camuflado. Dava, aparentemente, para o campo. Sob o olhar de um fiscal tranquilo conquistava-se uma rota branca sem mistério, um regato, rosas silvestres. O chefe da estação cuidava das rosas, um membro da equipe fingia empurrar uma carroça vazia. Sob estes disfarces, três guardiões que velavam por um mundo secreto.

O fiscal carimbava o bilhete:

– Se você vai de Paris para Toulouse, por que está descendo aqui?

– Seguirei no próximo trem.

O fiscal o encarou. Hesitava confiar-lhe não uma rota, um regato ou as rosas silvestres, mas este reino que sabe-se, desde Merlin, penetrar sob as aparências. Ele deve ter percebido afinal em Bernis as três virtudes desde Orfeu requeridas para estas viagens: a coragem, a juventude e o amor...
– Pode passar – disse.

Os expressos atravessavam sem realizar paradas naquela estação que estava ali apenas como uma fachada, como estes pequenos bares ocultos, ornados com falsos garçons, com falsos músicos, com um falso barman. Já no ônibus, Bernis tinha sentido sua vida desacelerar, mudar de sentido. Agora, em cima desta carroça, ao lado desse camponês, afastava-se ainda mais de nós. Penetrava no mistério. Com cerca de trinta anos, esse homem já trazia todas as suas rugas no rosto, para então não mais envelhecer. Apontava para uma plantação:
– Isto cresce rápido!

Que pressa invisível para nós, a pressa dos ramos de trigo em direção ao sol!

Bernis percebeu-nos ainda mais distantes, mais agitados, mais miseráveis, quando o camponês apontou um muro:
– Foi o avô do meu avô quem construiu aquele muro.

Alcançava um muro eterno, uma árvore eterna: sentiu que chegava.
– Aqui está a propriedade. Quer que o espere?

Será neste reino de fábulas adormecido sob as águas que Bernis passará cem anos, não envelhecendo mais que uma hora.

Neste mesmo entardecer, a carroça, o ônibus e então o expresso lhe possibilitarão essa fuga que, desde Orfeu, desde a Bela Adormecida, nos traz novamente ao mundo. E ele parecerá um viajante como os outros, a caminho de Toulouse, apoiando no vidro sua face branca. Mas ele trará no fundo do coração uma lembrança que não pode ser contada, "cor de lua", "cor do tempo".

Estranha visita: nenhuma alteração na voz, nenhuma surpresa. Os passos no caminho produziam um som opaco. Saltou a sebe como antigamente: o mato tomou conta até das trilhas... Ah! É a única diferença. A casa ergueu-se branca entre as árvores, mas, como num sonho, a uma distância intransponível. Prestes a alcançar o destino, seria uma miragem? Subiu a escada de largas pedras. Ela tinha nascido da necessidade, com uma leveza segura de linhas.

"Nada aqui é falso..." O saguão tinha pouca luz: um chapéu branco sobre uma cadeira: seria o seu? Que agradável desordem: não uma desordem do abandono, mas a desordem inteligente que marca uma presença e guarda ainda a lembrança do movimento. Uma cadeira um pouco afastada da qual alguém se levantou apoiando a mão sobre a mesa: ele ainda podia ver o gesto. Um livro aberto: quem o deixara ali? Por quê? A última frase ainda ecoava, talvez, dentro de uma consciência.

Bernis sorriu, pensou nos milhares de afazeres domésticos. Ali, pessoas transitavam ao longo do dia atendendo às mesmas necessidades, organizando a mesma desordem. Os dramas ali eram tão pouco importantes: bastava ser um viajante, alguém de fora, para sorrir deles...

"Mesmo assim", Bernis pensava, "o sol se punha aqui como em qualquer outro lugar durante todo o ano, era um ciclo completo. O amanhã... o recomeçar da vida. Caminhava-se para o ocaso. Não tínhamos mais, naquele tempo, nenhuma preocupação: as persianas estavam fechadas, os livros organizados e os protetores de lareira nos seus lugares. Este repouso conquistado poderia ter sido eterno, e tinha de fato, este sabor de eternidade. Minhas noites não podem ser consideradas tréguas..."

Ele sentou-se sem fazer barulho. Não ousava revelar-se: tudo parecia tão calmo, tão igual. Um raio de sol insinuava-se através de uma veneziana cuidadosamente aberta. "Uma brecha", pensa Bernis, "aqui envelhecemos sem perceber..."

"O que desvendarei?..." Um passo no cômodo vizinho alegrou a casa. Um passo tranquilo. Um passo de freira que arruma as flores no altar. "Que tarefa pequenina se realizou? Minha vida está oprimida como num drama. Aqui, quanto espaço, quanto ar entre cada um dos movimentos, entre cada um dos pensamentos...". Foi até a janela para ver os campos, estendidos sob o sol, com léguas de estrada branca a serem percorridas para ir à igreja, para ir caçar, para postar uma correspondência. Uma debulhadora rugia ao longe: seu ruído chegava leve e distante. A voz muito fraca de um ator oprime a sala.

Ouvem-se novamente os passos: "Organizam-se os bibelôs, que aos poucos tomaram conta da vitrine. Ao retirarem-se, cada século deixa para trás suas conchinhas..."

Alguém falava. Bernis escutou:

– Você acha que ela aguenta essa semana? O médico...
Os passos distanciam-se. Estupefato, ele calou-se. Quem iria morrer? Seu coração ficou apertado. Chamou em seu socorro toda prova de vida, o chapéu branco, o livro aberto...
Voltam as vozes. Eram vozes cheias de amor, muito calmas. Sabiam da morte alojada sob aquele teto, acolhiam-na com intimidade e sem desviar o olhar. Não havia nada de grandiloquente: "Como tudo é simples", pensou Bernis, "viver, organizar os bibelôs, morrer..."
– Você colheu as flores para a sala?
– Sim.
Falava-se baixo, num tom velado, mas igual. Falava-se de milhares de pequenas coisas e a morte próxima dava a elas um tom grisalho. Um riso começado que morreu nele mesmo. Um riso sem raízes profundas, mas que não conteve uma dignidade teatral.
"Não suba", disse a voz, "ela está dormindo."
Bernis sentia-se alojado no próprio núcleo da dor, com a qual partilhava de uma intimidade oculta. Teve medo de ser descoberto. O desconhecido faz nascer, da necessidade de tudo expressar, uma dor menos humilde. Gritam para ele: "Você que a conheceu, que a amou..." Restabelece-se a moribunda em toda a sua graça, e isso é insuportável.
Ele tinha direito, no entanto, a esta intimidade "... pois eu a amava".
Ele precisava revê-la. Subiu dissimuladamente a escada, abriu a porta do quarto. Ali estava todo o verão. As paredes eram claras e o leito branco. A janela aberta se preenchia de dia. O relógio de um campanário distante, passível, lento, dava a cadência exata do coração, do coração sem febre que é preciso ter. Ela dormia. Que sono glorioso no âmago do verão!
"Ela vai morrer..." Ele percorreu o assoalho encerado, cheio de luz. Não compreendia sua própria paz. Mas ela gemeu: Bernis não ousou avançar.
Percebia ali uma presença imensa: a alma dos doentes se expande, preenche o quarto, e este se transforma em uma chaga. Ninguém se atreve a esbarrar em um móvel, a caminhar.
Nenhum barulho. Apenas moscas zumbem. Um chamado distante cria um problema. Um golpe de vento fresco entrou brando pelo quarto. "Já anoitece", pensou Bernis. Refletia sobre as persianas que seriam baixadas

à luz da lâmpada. Em breve viria a noite, que assediaria a doente como um obstáculo a ser transposto. A lâmpada de cabeceira fascina como uma miragem, e as coisas cujas sombras não se movem e para as quais se olha por doze horas sob o mesmo ângulo acabam por fixarem-se no cérebro, acabam por pesar de um modo insuportável.

– Quem está aí? – disse ela.

Bernis aproximou-se. A ternura e a piedade subiram aos seus lábios. Inclinou-se. Socorrê-la. Tomá-la em seus braços. Ser sua força.

"Jacques..." Ela olhava-o fixamente. "Jacques..." Parecia resgatá-lo das profundezas do seu pensamento. Ela não buscava mais o ombro dele, mas evocava suas lembranças. Agarrou-se à manga dele como um náufrago que é içado para se amparar não numa presença, num apoio, mas em uma imagem... Ela o olha...

E eis que, pouco a pouco, ele parece um estranho para ela. Ela não reconhece aquela ruga, aquele olhar. Aperta-lhe os dedos para chamá-lo: ele já não pode lhe dar socorro algum. Ele não é mais o amigo que traz consigo. Já cansada da presença dele, repele-o, desviando o olhar.

Ele está a uma distância intransponível.

Afastou-se silenciosamente, atravessando novamente o cômodo. Retornava de uma viagem imensa, de uma viagem confusa, da qual se lembrava apenas vagamente. Estaria em sofrimento? Estaria triste? Ele parou. A noite se insinuava como a água que entra pelas frestas de um velho porão de navio, os bibelôs desapareceriam. Com a cabeça contra o vidro, ele viu as sombras das tílias se alongarem, se mesclarem, preencherem a relva com a noite. Um vilarejo distante iluminou-se: apenas um punhado de luzes: ela as teria apanhado com uma das mãos. Já não havia ali distância alguma: ele podia tocar aquela colina com os dedos. As vozes da casa silenciaram-se: terminaram de colocá-la em ordem. Ele não se movia. Lembrava-se de noites semelhantes. Noites nas quais se sentia pesado como um escafandrista. O rosto liso da mulher contraía-se e, repentinamente, temia-se o futuro, a morte.

Saiu. Virou-se sentindo um intenso desejo de ser surpreendido, de ser chamado: seu coração teria se desfeito em tristeza e alegria. Mas nada. Nada o reteve. Passava sem resistência pelas árvores. Saltou a sebe: a estrada era dura. Tudo acabado, jamais voltaria ali.

V

E Bernis, antes de partir, resumiu-me toda a aventura:
– Eu tentei, veja você, trazer Geneviève para o meu mundo. Tudo o que eu lhe mostrava tornava-se sem vida, cinza. A primeira noite foi de uma inominável espessura: não conseguimos transpô-la. Tive de restituir-lhe sua casa, sua vida, sua alma. Um a um, todos os álamos do caminho. À medida que nos aproximávamos de Paris, a espessura entre nós e o mundo se reduzia. Era como se eu tivesse tentado arrastá-la para o fundo do mar. Mais tarde, quando procurei novamente unir-me a ela, eu pude aproximar-me, tocá-la: não havia mais esse espaço entre nós. Mas havia outra coisa. Eu não sei dizer exatamente o quê: mil anos. Estávamos tão longe de uma outra vida. Ela estava apegada aos seus lençóis brancos, ao seu verão, às suas evidências, e eu não pude levá-la comigo. Deixe-me partir.

Onde você vai agora buscar seu tesouro, ó mergulhador das Índias, que toca as pérolas, mas não sabe como trazê-las à luz? Nada saberia desvendar deste deserto sobre o qual caminho, eu que estou preso a ele como chumbo ao solo. Mas para você, mágico, há apenas um véu de areia, uma aparência...

– Jacques, está na hora.

VI

Agora entorpecido, ele sonha. Daqui de cima, o chão parece imobilizado. O Saara de areia amarela morde um mar azul como uma calçada sem fim. Bernis, bom operário, acompanha a costa que se distancia à direita, desliza de lado, no alinhamento do motor. A cada contorno da África, ele inclina suavemente o avião. Dois mil quilômetros ainda até Dakar.

Diante dele, o brilho alvo deste território indócil. Às vezes, o rochedo nu. O vento varreu a areia, aqui e ali, em dunas regulares. O ar imóvel prendeu o avião como se fosse uma corrente. Nenhum solavanco, nenhuma oscilação e, a esta altitude, nenhuma mudança na paisagem. Oprimido pelo vento, o avião resiste. Port Étienne, primeira escala, não está inscrita no espaço, mas no tempo. Bernis observa seu relógio: ainda seis horas de imobilidade e silêncio, e então sairá do avião como de uma crisálida. O mundo é novo.

Bernis olha o relógio, através do qual se opera tal milagre. Depois, o tacômetro imóvel. Se este ponteiro abandona os números, se uma pane entrega o homem à areia, o tempo e a distância tomarão um sentido novo que ele mesmo não conhece. Viaja em uma quarta dimensão.

Contudo, ele já conhece esta angústia. Todos nós a conhecemos. Tantas imagens correram diante de nossos olhos: somos prisioneiros de apenas uma, que tem o peso exato das dunas, de seu sol, de seu silêncio. Um mundo fracassou em nós. Somos fracos, armados de gestos que farão apenas, com a chegada da noite, fugir as gazelas. Armados de vozes que não atingiriam trezentos metros e não seriam capazes de tocar os homens. Um dia todos nós tombamos neste planeta desconhecido.

O tempo ali se tornava exageradamente longo para o ritmo de nossa vida. Em Casablanca, contávamos o tempo em horas por causa dos nossos encontros: cada hora nos transformava o coração. De avião, mudávamos de clima a cada meia hora: mudávamos de carne. Aqui, nós contamos o tempo por semanas.

Os companheiros nos tiravam de lá. E, se estivéssemos fracos, eles nos erguiam da carlinga: punho de ferro dos camaradas que nos arrancavam deste mundo para o seu mundo.

Em equilíbrio sobre tanto desconhecido, Bernis reflete sobre o fato de que ele conhece pouco a si mesmo. O que invocaria nele a sede, o abandono ou a crueldade das tribos mouras? A escala de Port Étienne descartada, de repente, há mais de um mês? Pensa ainda: "Não tenho necessidade de nenhuma coragem."

Tudo permanece abstrato. Quando um jovem piloto se arrisca em loopings, lança sobre sua própria cabeça, tão próximos eles estejam, não obstáculos duros, dos quais o menor o esmagaria, mas as árvores, esses muros tão fluidos quanto os sonhos. Seria isso a coragem, Bernis?

Porém, contra sua vontade, uma vez que o motor estremeceu, este desconhecido que pode surgir e tomará seu lugar.

Após uma hora, o cabo e o golfo finalmente uniram as terras neutras, desarmadas, vencidas pela hélice. Mas cada trecho de solo, adiante, encerra uma misteriosa ameaça.

Mil quilômetros ainda: é preciso vencer essa imensa distância.

De Port Étienne para Cabo Juby: correio chegou bem 16h30.
De Port Étienne para Saint-Louis: correio decolou 16h45.
De Saint-Louis para Dakar: correio deixa Port Étienne 16h45, continuará à noite.

Vento leste. Ele sopra do interior do Saara, e a areia levanta-se em turbilhões amarelos. Na aurora, destacou-se do horizonte um sol elástico e pálido, deformado pela bruma cálida. Uma pálida bolha de sabão. Mas subindo rumo ao zênite, cada vez menor e então em todo seu esplendor, transformou-se numa flecha flamejante, um punhal de fogo atravessando a nuca.

Vento leste. Decola-se de Port Étienne com um ar calmo, quase fresco, mas à altitude de cem metros encontra-se com esta corrente de lava. E, subitamente:

Temperatura do óleo: 120.
Temperatura da água: 110.

Ganhar dois mil, três mil metros: evidentemente! Dominar esta tempestade de areia: evidentemente! Mas, antes que cinco minutos de subida tenham se passado: autoignição e válvulas queimadas. E depois, subir: falar é fácil. O avião sucumbe nesse ar sem força, o avião atola.

O vento leste cega. O sol rolou em espirais amarelas. Por vezes sua face pálida emerge e queima. A terra só aparece na vertical, de novo! Subo? Mergulho? Inclino? Vá saber! Consigo altitude máxima cem metros acima. Uma pena! Tentemos voar mais baixo.

Rente ao chão, um rio de vento norte. Tudo bem. Deixa-se pender um braço para fora da carlinga, assim como em uma canoa rápida, para os dedos molharem-se na água fresca.

Temperatura do óleo: 110.
Temperatura da água: 95.

Fresco como um rio? É possível comparar. O avião dança um pouco, cada curva do solo arremessa um ataque. É entediante não conseguir ver nada.

Mas, no Cabo Timiris, o vento leste envolve o próprio solo. Não há mais refúgio em parte alguma. Cheiro de borracha queimada: magneto? Juntas? A agulha do tacômetro hesita, cede dez voltas. "Então você se complica..."

Temperatura da água: 115.

Impossível ganhar dez metros. Um olhar rápido para a duna que se apresenta como um trampolim. Um olhar rápido para os manômetros. Opa! Um redemoinho em uma duna. Pilota-se com o manche junto ao ventre: não por muito tempo. O avião é carregado nas mãos, equilibrado como um vaso cheio demais.

A dez metros das rodas, a Mauritânia corre suas areias, suas salinas, suas praias: torrente de cascalho.

1.520 giros.

A primeira passagem vazia atinge o piloto como um soco. Um posto francês a vinte quilômetros: o único. Buscá-lo.

Temperatura da água: 120.

Dunas, rochedos, salinas são absorvidos. Tudo passa pelo laminador. Que passe! Contornos alargam-se, abrem-se, fecham-se. Rente às rodas: desastre. Estes rochedos negros lá longe, reunidos, comprimidos, que parecem aproximar-se lentamente, mas que subitamente agrupam-se. Cai-se sobre eles, e eles se espalham.

1.430 giros.

"Se quebro o pescoço..." Ele queima seu dedo ao tocar uma chapa metálica do painel. O radiador solta vapor com solavancos. O avião, embarcação muito carregada, pesa.

1.400 giros.

As últimas areias lançam-se com violência a vinte centímetros das rodas. Investidas rápidas. Investidas de ouro. Uma duna transposta mostra o posto. Ah! Bernis a atravessa. Já era tempo.

O ímpeto da paisagem se refreia e se desfaz. Recompõe-se este mundo de poeira.

Um fortim francês no Saara. Um velho sargento recebeu Bernis e riu alegre ao ver um irmão. Vinte senegaleses apresentaram armas: um branco, deve ser ao menos sargento; ou um tenente, caso seja jovem demais.

– Bom dia, sargento!

– Ah, que alegria, venha à minha casa! Eu sou de Túnis...

Sua infância, suas lembranças, sua alma: entregou tudo isso, de um só golpe, a Bernis.

Uma mesa pequena, fotografias fixadas na parede:

— Sim, são retratos dos meus parentes. Eu não conheço todos, mas irei a Túnis ano que vem. Essa aqui? A namorada do meu amigo. Eu sempre a via sobre sua mesa. Ele sempre falava dela. Quando ele morreu, peguei a foto e a deixei exposta, eu não tinha namorada.

— Estou com sede, sargento.

— Ah, beba! É um prazer, para mim, oferecer-lhe um vinho. Eu não tinha mais para o capitão. Ele passou por aqui faz cinco meses. Em seguida, certamente, durante muito tempo, tive pensamentos sombrios. Eu escrevi para que me perdoassem: tive tanta vergonha.

— O que faço? Escrevo cartas todas as noites: não durmo, tenho velas. Mas quando o correio chega até mim, a cada seis meses, as cartas já não servem como resposta: recomeço.

Bernis subiu ao terraço do fortim para fumar em companhia do velho sargento. Como é vazio o deserto ao luar. O que ele vigia deste posto? Sem dúvida, as estrelas. Sem dúvida, a lua...

— Você é o sargento das estrelas?

— Não faça cerimônia, pode fumar, eu tenho fumo. Não tinha mais para o capitão.

Bernis aprendeu tudo acerca do tenente, acerca do capitão. Ele repetiu seu único defeito, sua única virtude: um que jogava, outro que era demasiadamente bondoso. Soube também que a última visita de um jovem tenente a um velho sargento perdido nas areias é quase uma lembrança de amor.

— Ele me explicou sobre as estrelas...

— Sim — disse Bernis —, ele as deixou sob sua guarda.

E agora era sua vez de falar sobre as estrelas. E o sargento, tomando consciência das distâncias, pensava em Túnis, que estava tão longe. Aprendendo sobre a estrela polar, ele jurou reconhecê-la pela sua aparência, bastava mantê-la um pouco à sua esquerda. Ele pensava em Túnis, que estava tão próxima.

"E nós caímos sobre estas com uma velocidade vertiginosa..." E o sargento se segurava a tempo na parede.

— Você sabe tudo, agora.

— Não, sargento. Tive um sargento que me dizia: você não tem vergonha, você, de boa família, tão instruído, tão bem educado, não se envergonha de fazer tão mal as meias-voltas?

– Ah! Não tenha vergonha, é tão difícil...
Nós nos consolávamos.
– Sargento, sargento! Sua lanterna para ronda...
Ele mostrava a lua.
– Sargento, você conhece esta canção?

Está chovendo, está chovendo, pastora...

Ele cantarolava a melodia.
– Ah, sim, eu conheço: é uma canção de Túnis...
– Diga-me como continua, sargento. Queria recordá-la.
– Escute:

Guarde seus brancos cordeiros
Lá embaixo na cabana.

– Sargento, sargento, agora me recordo:

Escute sob as folhagens,
O barulho da água que corre.
Já vem, já chega o temporal.

– Ah, como é real! – falou o sargento.
Eles compreendiam as mesmas coisas...
– Já vem o dia, sargento, vamos trabalhar.
– Trabalhemos.
– Passe-me a chave de velas.
– Ah, aqui está.
– Segure ali com o alicate.
– Ah, ordene... Eu farei tudo.
– Veja só, não era nada! Sargento, vou partir.
O sargento contempla um jovem deus, vindo de parte alguma, prestes a desvanecer.
... Venho-lhe lembrar uma canção, Túnis, ele mesmo. De qual paraíso, para além das areias, descem silenciosamente estes belos mensageiros?
– Adeus, sargento!

– Adeus...
O sargento moveu os lábios, sem entender o que estava acontecendo. Não saberia explicar que guardaria no coração, por seis meses, algo de amor.

VII

De Saint-Louis do Senegal para Port Étienne: Correio não chegou Saint-Louis pt. Urgente comunicar notícias.
De Port Étienne para Saint-Louis: não sabemos nada depois partida ontem 16h45 pt. Efetuaremos buscas imediatamente.
De Saint-Louis do Senegal para Port Étienne: Avião 632 deixou Saint-Louis 7h25 pt. Suspenda sua partida até chegada Port Étienne.

*****

De Port Étienne para Saint-Louis: Avião 632 chegou bem 13h40 pt. Piloto indica nada ter visto apesar visibilidade suficiente pt. Piloto estima teria visto se Correio em trajeto normal pt. Terceiro piloto necessário para buscas escalonadas em profundidade.
De Saint-Louis para Port Étienne: Em acordo. Damos as ordens.
De Saint-Louis para Juby: Sem notícias França-América ponto. Desça urgente Port Étienne.

*****

Juby.
Um mecânico aproxima-se de mim:
– Vou colocar água no reservatório dianteiro esquerdo, os víveres no reservatório direito; atrás, um pneu de emergência e a caixa de primeiros socorros. Dez minutos. Está bem?
– Está bem.

Bloco de notas. Instruções:
"Na minha ausência, redigir a prestação de contas diária. Pagar os mouros na segunda-feira. Embarcar no veleiro os tonéis vazios."

Apoio-me na janela. O veleiro que nos abastece de água doce uma vez por mês se balança levemente sobre o mar. É bonito de se ver. Ele veste meu deserto com um pouco de vida tremulante e linho puro. Eu sou Noé visitado na arca pela pomba.

O avião está pronto.

De Juby para Port Étienne: Avião 236 deixa Juby 14h20 para Port Étienne.

A rota das caravanas está marcada com ossadas e a nossa com alguns aviões: "Ainda uma hora para a chegada do avião no Bojador..." Esqueletos empilhados pelos mouros. Pontos de referência.

Mil quilômetros de areia a partir de Port Étienne: quatro construções no deserto.

– Esperávamos por você. Partiremos novamente, em seguida, para aproveitar o dia. Um sobre a costa, o outro a vinte quilômetros, outro a cinquenta. Vamos fazer escala no forte ao escurecer: você trocou de aparelho?

– Sim. Válvula presa.

Transbordo.

Partida.

Nada. Apenas um rochedo escuro. Eu continuo a verificar este deserto. Cada ponto negro é uma falha que me atormenta. Mas a areia não me mostra nada além de um rochedo sombreado.

Não vejo mais meus companheiros. Estão em outras partes do céu. Paciência de falcão. Não vejo mais o mar. Flutuando sobre este braseiro branco, não vejo nada vivo. Meu coração bate: aqueles destroços ao longe...

Um rochedo escuro.

Meu motor: um barulho de rio a fluir. Este rio a fluir me envolve e me gasta.

Eu vi você muitas vezes recolhido nesta sua inexplicável esperança, Bernis. Não sei traduzir. Lembro-me desta frase de Nietzsche de que você gostava tanto:

"Meu verão quente, breve, melancólico e feliz."

Tenho os olhos cansados de tanto procurar. Os pontos negros dançam. Não sei bem por onde vou.

– Pois então, sargento, você o viu?
– Ele decolou na alvorada...
Sentamo-nos ao pé do fortim. Os senegaleses riem, o sargento sonha: um crepúsculo luminoso, mas inútil.
Um de nós arrisca:
– Se o avião está destruído... você entende... quase impossível de encontrar!
– Evidentemente.
Um de nós se levanta, dá alguns passos:
– Isso não está nada bem. Cigarro?
Adentramos a noite: animais, homens e coisas.

Entramos na noite, com a luz de bordo de um cigarro, e o mundo recupera suas dimensões. As caravanas envelheciam até alcançarem Port Étienne. Saint-Louis do Senegal está nos confins do sonho. Este deserto, há pouco, não passava de uma areia sem mistérios. As cidades se ofereciam, a três passos de distância; armado com paciência, silêncio e solidão, o sargento sentia em vão semelhante dádiva. Mas uma hiena ulula e a areia ganha vida, mas um grito recompõe o mistério, mas algo nasce, foge, recomeça...

Mas as estrelas medem para nós as verdadeiras distâncias. É mais uma vez a estrela polar que delimita a vida serena, o amor fiel, a amiga que acreditamos querida...

Contudo o Cruzeiro do Sul delimita um tesouro.

Por volta das três horas da manhã, nossos cobertores de lã se tornam finos, transparentes: é um feitiço da lua. Eu acordo congelado. Subo até o terraço do fortim para fumar. Cigarro... cigarro... assim esperarei pela aurora.

Este pequeno posto à luz da lua: um porto de águas tranquilas. Estes conjuntos de estrelas estão perfeitamente completos para os navegadores. As bússolas de nossos três aviões apontando sabiamente para o norte. E, contudo...

Foi aqui que você deu seu último passo concreto? Aqui termina o mundo dos sentidos. Este pequeno forte: um embarcadouro. Um limiar aberto ao luar onde nada possui realidade absoluta.

A noite está esplêndida. Onde você está, Jacques Bernis? Talvez aqui, talvez lá adiante? Que presença sutil! Ao meu redor, este Saara tão pouco saturado, que consegue suportar com dificuldade, aqui e ali, um bando de antílopes, que mal suporta, na sua camada mais endurecida, uma criança leve.

O sargento aproximou-se:
– Boa noite, senhor.
– Boa noite, sargento.
Ele escuta. Nada. Um silêncio. Bernis, feito de seu próprio silêncio.
– Cigarro?
– Sim.
O sargento morde seu cigarro.
– Sargento, amanhã eu vou encontrar meu companheiro: onde acredita que ele esteja?
O sargento, seguro de si, aponta para mim todo o horizonte...
Uma criança perdida preenche todo o deserto.

Bernis, você confessou-me certa vez: "Eu amei uma vida que não entendi bem, uma vida que não foi totalmente fiel. Eu não sei nem mesmo com clareza o que eu precisava: foi como um desejo urgente, mas ao mesmo tempo suave..."

Bernis, você confessou-me certa vez: "O que eu pressentia escondia-se por trás de todas as coisas. Eu pensava que, com esforço, eu a compreenderia, a conheceria e a levaria comigo. Parto daqui perturbado pela presença amiga que jamais pude trazer à luz..."

Parece-me que um navio naufraga. Parece-me que uma criança se acalma. Parece-me que este fremir de velas, de mastros e de esperanças adentra o mar.

Aurora. Gritos roucos dos mouros. Seus camelos estão deitados nas areias, esgotados pelo cansaço. Uma milícia com trezentos fuzis que desceu secretamente do norte aproximou-se pelo leste e massacrou uma caravana.

E se procurássemos na região de onde veio a milícia?
– De acordo. Iremos em leque, certo? O do centro vai para o leste...
Vento simum: de cinquenta metros de altitude até o solo, este vento nos seca como um aspirador.

Meu companheiro...
Era aqui que estava o tesouro: você o encontrou!

Sobre esta duna, os braços em cruz, voltado para este golfo azul escuro e para as cidades de estrelas, esta noite você pesava quase nada...

Na sua descida para o sul, quantas amarras desfeitas; Bernis etéreo já não tinha mais que um amigo: apenas um fio de pureza o mantinha ligado...

Esta noite, você pesa menos ainda. Uma vertigem o tomou. Na estrela mais alta estava o tesouro, ó fugitivo!

Apenas o tênue fio de pureza do meu afeto lhe sustentava: pastor infiel, eu devo ter adormecido.

De Saint-Louis do Senegal para Toulouse: França-América encontrado leste Timiris pt. Grupo inimigo proximidades pt. Piloto morto avião destruído correio intacto pt. Correio segue Dakar.

VIII

De Dakar para Toulouse: correio chegou bem Dakar pt.

Este livro foi impresso pela Paym Gráfica e Editora
em fonte Crimson sobre papel Chambril Avena+ 80 g/m²
para a Edipro no inverno de 2017.